JN196447

「非情」の俳句

―俳句表出論における「イメージ」と「意味」―

西池冬扇

ウエップ

「非情」の俳句——俳句表出論における「イメージ」と「意味」＊目次

「非情」の俳句——俳句表出論における「イメージ」と「意味」

第1部　俳句と「イメージ」

第1章　俳句鑑賞において「イメージ」はどのように扱われてきたか

（1）山本健吉『現代俳句』と「イメージ」

多くの鑑賞は「イメージ」を中心に語られる。だが、俳句の「イメージ」そのものに関する論考はあまり多くない。私はかつて『俳句表出論の試み』において、読者の「イメージ」が作者のそれと同等以上に重要であることを述べた。読者の「イメージ」は俳句そのものだけから生じてくるわけではない。読者のそれまでの様々な経験はもちろんだが、作者の自句自解や、とりわけ評者の俳句鑑賞に左右されることが大きい。よく名鑑賞によって名句が生まれるというが、まさにそのようである。名鑑賞は豊かにイメージを描き出しているものが多いからである。

だが、新しい時代を切り開いた多くの思想が、時の流れとともに軛になることもある。俳句では鑑賞が実質的にその思想の役割を担っている。そして名鑑賞は、その時代の俳句の進むべき方向を示してくれる。読者は名鑑賞に導かれ、俳句を楽しみ、また新たに作者となる。だが、名鑑賞は、それに続く新たな流れが起こらなければ、いつしか読者を一定の枠の中に縛り付けてしまう轍になってしまうことも起こりうる。

山本健吉の『現代俳句』ほどよく読まれ、多くの人々に俳句の面白さを教えてくれた本はあるまい、名著である。ただ、それと同時に多くの俳人に一定の俳句鑑賞の枠を作ってしまったことも言える。

そこで現代俳句における鑑賞の特徴を「イメージ」を中心に健吉の『現代俳句』から抽出することによって、俳句における「イメージ」の重要性をみるとともに、今後の鑑賞が進むべき方向を示す。


ここでいう「イメージ」は単に像だけを意味していないことに注意を喚起したい。形のある像に加えて、脳科学でいうクオリア、つまり像にまつわる様々な感覚や意味が渾然一体となって脳の中に存在しているモノとしかいいようのないモノ、それが「イメージ」である。「りんご」という言葉から受ける「イメージ」は紅い林檎の像、人によっては皿に盛られた兎の形の一切れかもしれない。そしてそれには香りや味、歯ごたえなどの感触が付随しているであろう。また「りんご」には古里の思いが付随しているかもしれない。それらが渾然として一体となったモノが「イメージ」なのである。

（2）高浜虚子の三句

まず名句とされる高浜虚子の三句を扱う。

流れ行く大根の葉の早さかな　　高浜虚子
遠山に日の当りたる枯野かな　　〃
桐一葉日当りながら落ちにけり　　〃

最初の「大根の葉」の句に関して山本健吉は次のように述べている。

早取り写真のように、印象明瞭、受け取る感銘もすばやい。詠われているのは大根の葉だけであるが、そこからこの川が郊外の小川であること、そのやや川上で大根を洗ったりするなりわいが営まれていること、水がきれいであることなどが連想される。だが作者の興味は、流れてゆく大根の葉の早さに集中する。作者の心は、瞬間他の何物もない空虚さが占領する。

この鑑賞の中で私が注目したのは、「早取り写真のように、印象明瞭」であるという評価である。このことは俳句の像としての「イメージ」が重要であることを示している。

注目したもう一点は、山本健吉の鑑賞の視座に関する。引用した鑑賞文の前半は「連想される」という言葉で「イメージ」を思い浮かべている主体は読者・山本健吉である。対して後半は「だが作者の興味は」と読者・山本健吉が作者・高浜虚子の「イメージ」に言及している。一般的には作者の表出活動における「イメージ」を他人は正確に識ることはできない。健吉がここで言及した虚子の「何物もない空虚さが占領する」心はどのようにして推察したのだろうか。実は、健吉も引用しているが、虚子はこの句を自句自解している。東京の当時の郊外であった世田谷奥沢の九品仏に虚子が吟行した時に小川にかかった橋の上で見た光景だそうだ。大根の葉が非常な早さで流れているのを見て、「(この句を得た) その瞬間の心の状態を言えば、他に何物もなく、ただ水に流れて行く大根の葉の早さということのみがあったのである。」と虚子はその時、脳に生じた高次のクオリア (抽象度が高い、あるいは思弁的なという意味と解してほしい) を含めて叙述している。

ここで、もし虚子の自句自解がなかった場合を想定しよう。多くの人が「流れ行く大根の葉の早さ」に健吉の述べた「心の空虚さ」を「イメージ」することができるであろうか。実は「心の空虚さ」は作者・高浜虚子の「イメージ」ではない。虚子は心を「流れ行く大根の葉の早さ」に占拠されたのであり、心が空虚になったのではない。句そのものからだけでは飛躍が大きすぎる。しかしその飛躍の中間に、虚子が述べている〈大根の葉だけが心にあった〉という内容の心の状態があったとすると突拍子もない連想ではないかもしれない、が「空虚さ」とまで述べると、もはや健吉の感じたクオリアである。推察するに健吉には〈俳句表出には常に何らかの意味が含まれていなければいけない〉、という観念があったのであろう。無意味な表出というのは考えづらかったのであろう。

二句目の「遠山に」の句は、〈虚子がはじめてその本領を発揮して蕪村でも子規でもない独自の句境を開いた画期的な句である〉と健吉が評価していることでも知られる有名な句である。では「遠山に」の句に対して健吉はどのように「イメージ」を脳に描くであろうか。

何か茫漠としてつかみどころのない句である。（中略）この句のよさを説き明かすことは至難である。（中略）満目蕭条たる枯れ野であるが、遠景にぽっかり日の当たった山を置く。同じく枯色ながら、そこだけが太陽の光を受けて、あざやかな姿を見せている。夕景であろうか。寒むざむとした冬枯れの景色の中で、日の当たった遠山だけが、なにか心の救い、心の支柱となる。日の当たった遠山によって、枯れ野の全景が生色を取り戻す。遠いかなたの一つの山が、蕭条たる心に灯をともす。

この鑑賞で山本健吉は句から生じた像を美しく表現するとともに、「寒むざむとした」なかに日の当たった遠山に「心の救い」「心の支柱」となるような、なにものかをクオリアとして感じる。健吉はこのような像が明確な句にもかかわらず、「茫漠としてつかみどころがない」、「句のよさを説き明かすことは至難」という。そしてこの句が虚子の切り開いた「句境」であるともいう。私は、ずいぶんと苦しい説明だと思う。推察するに、健吉にとっては俳句が表出する「イメージ」は何らかの意味を有するべきなのであろう。だから「部分的な措辞の妙所」もない「平凡な風景句」と評してしまう。それにもかかわらず、この句を画期的な意義を持つと評価せざるをえない理由は、健吉が語るように「茫漠としてつかみどころがない」からである。つまり、自ら思い描いた「イメージ」の美しさにもかかわらず、健吉が無理やり彼が良しとする意味を持たせようとしたところに、奇妙な、そう言って悪ければ逆説的な鑑賞ができあがったと私は考える。いずれにせよ健吉の鑑賞は「イメージ」とりわけ読者のそれの優越性を語っているとともに、「イメージ」と「意味」の間に存在する課題を示唆している。

三句目の「桐一葉」の句もよく知られた句である。この句に関して山本健吉は、次のように述べている。

「桐一葉」は、万象の秋を知らしめる季語である。やはり秋の冷やかさ、そぞろ寒さを、身に入みて感じさせる。だが作者は、この「桐一葉」にも日を当てる。広い大きな桐の葉が、枝を離れてゆったりと落ちてくる過程を、高速度映写機で映し取りながら、その葉面に日が当たっていることをとらえる。前句（筆者注：遠山に日の当りたる枯野かな）がにぶい冬日であるのに対して、これは秋の烈日であり、葉の枯色が光線を得て、一瞬の栄耀をひらめかす。「日当りながら」がこの句の生命である。その一瞬のあとは、「落ちにけり」の深い沈黙がつづく。深まる秋の寂寞である。

「桐一葉」の句では「だが作者は……とらえる」と作者・高浜虚子の「イメージ」という表現になっているが、無論これは読者・山本健吉の「イメージ」であるし、また作者・高浜虚子の表出の意図にかなっているかもしれない。健吉は深まる秋の寂寞感をそこにクオリアとして見出し満足している。「高速度映写機で映し取りながら」という表現にも「イメージ」の効果を健吉が強く意識していることがうかがわれる。加えて、「イメージ」を秋の烈日のひらめきと美を捉えたにもかかわらず、落ちとして「秋の寂寞」という意味を与えるところが健吉らしい。

（3）飯田蛇笏の「芋の露」

飯田蛇笏はホトトギス大正黄金期の作家であり、余情があり格調の高い作風として知られる。「イメージ」を山本健吉はどう処理するか。例に「芋の露」の句を扱う。

芋の露連山影を正しうす　　飯田蛇笏

里芋の畑は近景であり連山は遠景である。爽やかな秋天の下、遠くくっきりと山脈の起伏が、形をくずさず正しく連なっている。倒影する山脈の影も正しく起伏を描き出しているのであるが、「影」はまた「姿」にも通ずるのである。澄み切った秋空に、連山が姿を正すかのように、はっきりと、いささかの晦冥さをとどめず、浮かび上がっているのである。「芋の露」は眼前の平地の光景であり、かなりの拡がりを持った眺めでもある。広葉の露に、秋の季節の爽涼を感じ取ったのである。

この句の「イメージ」は像が中心である。遠景と近景の対比、拡がり等、健吉が指摘するとおりでありそこに美がある。「正しうす」という措辞が作者の景に対するクオリアを伝えている。「芋の露」は景の重要な構成要素であるとともに秋の趣、この場合爽涼感を伝えた、という健吉の指摘もそのとおりである。上五に切れを入れた季語の使用も格調の高さを増す効果を与えている。しかしこの句でも読者によっては、上五の切れと解釈しないで、助詞の省略と判断し、芋の露を覗き込んだように映る連山の影の面白さ、「やはり山の影は正しく映っているわい」と興がることも、ありうるかもしれない。読者の解釈は自由度が高いのである。そう考えると健吉の鑑賞にある「秋の季節の爽涼を感じ取った」という趣に結びつけることが正統的な鑑賞であると思う反面、予定調和的であり、はっとする驚きの少なさを感じてしまう。

（4）山口誓子の「夏草に」

山口誓子は現代社会が作り出した、いわば無機質な景を取り入れることで俳句の世界を押し広げた作家である。例として「夏草に」の句を扱う。

夏草に汽罐車の車輪来て止る　山口誓子（「罐」の字体は文庫版より）

この句も像を中心とした「イメージ」で構成された句である。健吉はこの句の像に関しては簡単にしか述べていない。

> この句は誓子の近代俳句の一例である。おそらく大阪駅の引込線に汽罐車が来て止まったのだろう。（中略）汽罐車が止まったと言わず、「汽罐車の車輪」が来て止まったと言ったことに、作者の即物的実感が生々しく出ている。

「作者の即物的実感」とは何を意味しているのだろう。たぶんあの人は即物的だ、という表現が意味しているように、心の分野がかかわるモノを物体や物質に置き換えてしまい、人間的なものを捨象してしまうという意味であろうか。この句が与える「イメージ」にはリアリティが伴っている。何よりも当時の社会の文字通り牽引車であった汽罐車の車輪が大写しになった映画の一シーンを見る思いがする。汽罐車のような無機物（無機物ではあるが、蒸気機関車のマニアは人間臭いところが好きだという）は、健吉には単なる物体としかみえないのであろうか。同じ句を鑑賞している箇所で述べている健吉の誓子評が気になるからである。

再度述べるが、山口誓子は無機質の現代社会が生産した景を取り入れることで俳句の世界を押し広げた作家である。いきおい誓子の代表作にはそのような句材を扱った「イメージ」の句が多い。健吉はこのことに関し『現代俳句』で次のように述べる。

これらの句の特徴は何よりもまず知的・構成的な点であり、作者の冷厳な態度は内心の昂揚を極度に押殺してしまっている。（中略）彼のこういう傾向が、サラリーマン俳句と言われたゆえんであろう。生きた社会現象を死んだ物象に還元しなければ眺められない目、それらのものから遠く離れて、飛沫のかからない安全地帯で愉快な見世物として眺める冷たい非情の目、人生いかに生きるべきかという思索に絶対に無縁な傍観者の目、ラグビーの選手も法廷の囚徒もメーデーの群衆も、すべて同じ視野の中に、同じ無感動の中にとらえてしまう悲しい目。庶民的なもの、ヒューマンなものが、彼の句から生まれてくることがない。

この評は誓子の俳句に好感をもって評価しているとはとうてい思えない。特に私が傍線を施した箇所の措辞は悪意とすら思える。健吉にとって意味のある趣は無機質の素材からは得られないのであろうか。「内心の昂揚を押殺」すのは俳句の常套的手法ではなかったのか等々、「イメージ」が生み出すクオリアの評価に、時代の差を考慮しても疑問が生じる。ここでもまた「イメージ」と「意味」の関係について課題が多いことが示されていると思う。

（5）高野素十の「方丈の」

高野素十は写生の徒としての評価が動かない俳人であろう。人気のある代表句の一つ「春の蝶」で健吉は「イメージ」というものをどのように扱うか見てみる。

方 丈 の 大 庇 よ り 春 の 蝶　　高野素十

おそらく作者は方丈の前の廊下にあって庭を眺める位置にあったのだろう。庭につき出た深い庇の上から、ひらひらと小さな蝶が下りてきた。蝶は春の季物である。この場合なぜ作者はわざわざ「春の蝶」と言わねばならなかったか。（中略）以上は「春の蝶」の不思議な効果をちょっと敷衍してみたまでだ。「大庇より春の蝶」——読者はそれぞれその美しい措辞を百誦して、独自の感動を受け取ったらよかろう。

写生の徒というのは「イメージ」の像部分を重視し、その文体や措辞によってクオリアをにじませるものである。読者もそれに感応しながら、自分の「イメージ」を語るのが鑑賞の面白いところである。実はこの鑑賞で健吉の「イメージ」が美しく語られたのは春の季物である蝶をわざわざ「春の蝶」と表現したことによって生まれたことを解釈して私が（中略）とした部分である。だが、本章での主眼は「イメージ」がどのように扱われてきたかであり、各々の句を鑑賞することではない。それは原典を参照していただきたい。この句の健吉の鑑賞で指摘したいことは、最後に書かれた「読者は……独自の感動を受け取ったらよかろう」という箇所で、読者の「イメージ」の多様性を当然ではあるが認めていることである。

（6）『現代俳句』からの脱出

「イメージ」は俳句の美を構成する最も重要な要因の一つである。山本健吉は、『現代俳句』においてイメージの美しさを描き出し、多くの人々に俳句の楽しさを示した。俳句人口の増加に大きく寄与したことは、その版数の多さ等から理解できる。いわばガイダンスの書として虚子以後の『俳句はかく解しかく味わう』といっても過言ではなかろう。

最初に私は俳句における鑑賞は思想と同じ役割を果たしていることを述べた。『現代俳句』を通読した時に、特に旧版までの叙述で気がつくことは、『現代俳句』は俳句史であり、正岡子規が主唱した「写生」が高浜虚子の「客観写生」を経て水原秋桜子等4Sの時代に「抒情」という奔流となり、最後にそれが（旧版においては）最終的に人間探求派が登場する歴史を描きあげている山本健吉俳句史における俳人列伝のごとき感がある。それも魅力の一つであろう。だが、それが時の流れとともに轍となっていると思わざるをえない。そのことも含めて次のことが言える。

第一に、作者の理念を重視するために、時として俳句そのものからの「イメージ」より、思弁的な高次のクオリア（意味の世界）に強引に俳句を結びつけてしまっている。こういう思念的スタイル、俳句の「意味」優先の鑑賞スタイルが、読者の間にも大きな影響を与えている。「意味」との関連は第2部で詳述する。

第二に、したがって、「イメージ」の発生と文体のかかわりを論じることが少ない。俳句の文体は、使用される語句とともに調べを生み出す要因であり、今後はますます俳人が論じていくべき課題である。

第三に、どちらかというと読者側の責任ではあるが、現代においても秋桜子的「抒情」を固定化、目標化する風を生みだし続けており、マンネリ化によって俳句の将来に対する轍となっている。

第2章　俳句の「イメージ」に関する従来の論考

詩歌の世界における「イメージ」・像そのものを対象とする従来の論考の中で俳句表出論に特に有用と考える数編を指摘し考察する。そこに現代俳句の「イメージ」の扱い方、つまり俳句は、如何なる方法と方向で新しい時代に対応していくべきか、の指標を得てみたい。

(1) 吉本隆明の「イメージ」の考え方

吉本隆明は著書『言語にとって美とはなにか』で、詩歌における「イメージ」の重要性を述べている。彼の論考で、「イメージ」論に有用と思われる点を以下にまとめる。

○言語の芸術論では像が重要な役割をもつという考え

吉本隆明の言語論を俳句表出論に取り込むべき重要なポイントの一つは、言語において像・つまり「イメージ」の果たす役割を非常に重視していることである。

（こういう問題がほんとにやっかいな点は、）わたしたちが指示表出語に、意味や、対象の概念のほかに、それにまつわる像をあたえているし、またあたえうることにある。表意文字でかくことができるのは、もちろん指示表出語にかぎられる。現在では万葉仮名で、助詞や助動詞をかくことはなくなっている。そして、指示表出語だけでなく、言語の指示表出へのアクセントは大なり小なり像をあたえるという点に、言語表記の性格にとって最後のもんだいであり、また言語の美にとって最初のもんだいがあらわれる。

隆明の用語について触れる。指示表出語というのは吉本言語美学の基本的概念である。自己表出と指示表出の両面が言語にはあるとする考えで、非常に有用な概念であるが人によって少しずつ理解の仕方の差が見受けられるほど分かりにくいところがある。ここでは「指示表出とは他者へ向けての伝達や説明」とする。また「自己表出とは主体が行う自己のことの表現」とする。品詞で言えば名詞は指示表出性が強く、助詞は最も自己表出性が強いとされている。助詞云々は分かりづらいと思うが、「（私）が」とか「（私）は」という主格の助詞を考えると自己表出性を理解しやすい。

隆明の述べるように、指示表出語にまつわる像を浮かべる作業を我々は通常意識せずに行っている。時々私は教室で実験することがある。例えば「りんご」という言葉を与え「頭に思うモノをノートに描いてごらんなさい」というと、たいていの人は林檎の実に小さな果軸のついた像を描く。この像は林檎の概念ではない、だが実物を目の前にして見ながら描いたものとも異なる。「りんご」という指示表出語からその言語を受け取った者に生じた像である。ある場合は山積みになった林檎の実を像として描くかもしれないし、パソコンメーカーが使っているような齧りかけの実を描くかもしれない。つまり「りんご」という言語には像がつきまとっているのである。言語を使用する人間にとって当たり前のことだが、言語は本来意味と音だけを属性として持っているという考えも言語学者には存在しているようだ。隆明は次に以下のごとく述べる。

言語が意味や音のほかに像をもつというかんがえを、言語学者はみとめないかもしれない。しかし〈言語〉というコトバを本質的な意味でつかうとき、わたしたちは言語学をふり切ってもこの考えにつくほうがよい。言語学と言語の芸術論とが別れなければならないのは、おそらくこの点からであり、言語における像という概念に根拠をあたえさえすれば、この別れはできるのだ。

像が一般的な言語論と言語の芸術論との差異を明確にするという断言は、俳句の表出には「イメージ」が重要な要素であるという立場からは、非常に小気味がよい。

ただ付け加えたいことは、この隆明の考えにはあまり強調されていない、あるいは見過ごされていた問題として、像を思い浮かべる主体の問題がある。作者が自分の「イメージ」を言語として表出するプロセスと、すでに言語として存在している俳句から読者が「イメージ」を生じるプロセスとはおのずから異なるはずである。特に彼のいう「言語の芸術論」の側に俳句表出論があるとすれば、そのプロセスの違いが生じる諸々の問題は、俳句という独特の短詩型にとってなおざりにはできない。たぶん、この問題があるためだろうか、隆明は俳句に興味を示しながらも、俳句の言語論は掲著にも多くは述べなかった。

○言語における像は言語の指示表出の強さに対応

像をめぐる吉本隆明の思想で触れておくべきことは多い。指示表出の強い言語ほど、言語の像をつくる力が強いということもその一つである。これは品詞で言えば、助詞が自己表出性の側面が最も強く、名詞が指示表出性の側面が強いわけだから、名詞の方が像をつくりやすいのは当たり前のことと言えるかもしれない。しかし、言語の指示表出的機能、像との関連からみると強調しておくべき特徴である。次のように隆明は説明する。

言語に像をあらわしたり喚び起したりする力があるとすれば、言語が意識の自己表出をもつようになったところに起動力をもとめるほかない。

しかしそれとは逆に言語の像をつくる力は、指示表出のつよい言語ほどたしかだといえる。この意味で言語の像は、言語の指示表出と対応している。いいかえればつよい自己表出を起動力とするよわい指示表出か、あるいは逆によわい自己表出を起動力にしたつよい指示表出に起因するなにかだというべきだろうか。

隆明は像が喚起される原因を「意識の指示表出と自己表出とのふしぎな縫目」にあるという独特の表現であらわしている。実はここに俳句文体論との関連の課題が横たわっていると考えている。

○像と意味の関係

さらに像と意味との関係もしくは違いを指摘しておくことは今後の俳句表出論の展開にとって重要である。吉本隆明は以下のように説明している。

言語における像が、言語の指示表出の強さに対応するらしいことは、わたしがいままで無造作にのべてきたところからも、推定できるはずだ。

しかし言語の像が〈意味〉とちがうことは、あたかも事物の〈概念〉と、事物の〈象徴〉とがちがうのとおなじようなものだ。

本論考では像を「イメージ」として扱っているのは、脳に浮かび上がる像には様々なクオリアがまつわっていることを強調するためである。クオリアには質感と「意味」とがある〈感覚的クオリアと志向的クオリア〉という茂木健一郎氏の説を筆者はとるので、そのことはとりもなおさず像と意味との関連を今後考察すべきことを意味する。

（2）金子兜太氏の「イメージ」の考え方

吉本隆明は言語学と言語の芸術論との別れめとして「言語が意味や音のほかに像をもつ」という主張をしている。このことは金子兜太氏もその著『短詩型文学論』で触れており像そのものを現代俳句で論じた先駆的論考と言える。

○像《イメージ》は心象の形態性として重視すべきである
兜太氏は「像」に（イメージ）とルビを施した上で、「心象の形態性」という言葉で定義づけている。「像《イメージ》」については多くの解説があるので、いまさら喋々を要しないが、「知性の形象化された形態」（村野四郎「現代詩を求めて」）という定義がほぼ妥当であろう。もっとも「知性」

という概念は混乱を招き易いので、ぼくは〈思想性〉といいかえておきたい。その意味では「心象の形態性」（村野四郎）という規定のほうが、ぼくの気持ちに近い。

「心象の形態性」と定義した上で、兜太氏は詩語の意味性、作像性を重視すべきと述べ、吉本隆明の思想に言及する。「この「像」についての理解は、作者が「像」を作るときの「素材」である言語の本質自体からみても、〈具象性〉が見過ごすことのできない」要素と歩を進めながら像《イメージ》の重要性を訴える。

詩一般の世界まで領域を拡大すれば話は別であるが、兜太氏が述べている「像についでは多くの解説」があるというのは、こと現代俳句の世界に関しては、それほどまとまった議論はなされているとは思えない。いわば、俳句の世界は残念ながらガラパゴス世界なのである。兜太氏の論考はそれを突破する前衛性があり、高く評価すべきである。

○イメージの情緒化が必要である

兜太氏は彼の造型論を中心的に述べた「造型俳句六章」の最後の部分である「第六章　造型」の「V」においてもイメージについて述べている。この論述を見ると兜太氏のイメージに関する関心のありどころがほぼ、イメージを作る作者にあることが理解できる。以下は筆者が箇条的にまとめたものである。

1. 主体の表現は意識活動をイメージに結びなされる。
2. イメージは意識活動の中から獲得される構図である。
3. イメージは言葉によって結ばれる。イメージ自体が言葉による構図である。
4. 意識活動を進めるとイメージの内容は抽象的になり構図の中では具体的な事物も「抽象的事象への参加」によって心象の構図に組み込まれる。
5. 抽象化した、すなわち抽象的な言葉の構図は、表現としては、極めて弱く散文に劣る。そこにイメージの情緒化の必要性がある。

ここまでで私が現在述べようとしていることに関しては十分である。イメージに関して1から4は作者のイメージ生成が主たる関心事である。5で兜太氏の関心は読者に移る。読者に移るということは、作者の心象の構図である作品としての俳句が、はたしてうまく読者に伝達されるであろうかという問題である。その関心が上述した5の箇条となり、最終的に技法の重要性ということにまとめられる。

したがって、この著述におけるイメージに関する兜太氏の最大の主張は、「イメージと、その情緒化の問題は、作品の伝達力にも関連し、重要ですが、この情緒化の作業は、別のいい方をすれば、技法の問題であるといえます。」、および

「したがって、イメージの情緒化とは、感受内容に極力還元し、しかも具体的にする、ということであると思います。」という箇所にあると私は考える。

ただイメージの情緒化の必要性は、金子兜太氏の主張している意味において理解できるが、この著作では技法そのものを詳しく論じているわけではない。かつ「イメージの情緒化とは感受内容に極力還元し、しかも具体的にする」や「抽象的事象に転化されたものの具体性をできる限り獲得すべきだ」という方法論（?）はかなり思弁的であり、かつ思想的綱渡りのような印象を受けてしまう。私自身はここでは兜太氏に〈作者の「イメージ」を読者に押し付けることは当然〉という無意識の思想が存在しているのではないかと感じる。俳句という短詩型に特殊さがあるとすれば、作者と読者の間に作品の「イメージ」も宙吊りにされていて、各々が異なるクオリアを発生させているのであり、クオリアまで共有することは必要ない、あるいはありえない、私はそういうところに俳句的「イメージ」の特質があると考えているのである。

（3）今後のイメージ論

ここまで（1）と（2）で、イメージが重要な意味を持つことに論及した著述を扱った。俳句でイメージが重要であるとするならば、従来の成果を踏まえた上で、何を俳句表出論として加えていくべきかを考察したい。大きく三つの課題を私はクローズアップしたい。

1. 俳句においては「意味」とともに「イメージ」も作者と読者の間に、宙吊りにされている。しかし読者の脳内ではイメージは静的ではない。活性化した読者の脳によって動的に次々とその「イメージ」が生まれているのである。俳句で「イメージ」を論じるには読者に如何なる「イメージ」が生じるかが重要である。俳句の文体はあえて言えば「イメージ」を発生させるための技法である。イメージと俳句文体との関係を整理することが必要である。

2. イメージと意味性の問題を整理する必要がある。上述の節で若干触れた金子兜太氏の造型論は像と伝達力との関連に触れており、その意味で画期的ではあるが、方法論との関連で今後の課題が残されている。さらに現段階のままでは抽象的にすぎるので、具体的な俳句による検証を展開する必要を感じる。俳句の意味性の問題は最も焦眉の課題と考えている。

3. 「イメージ」の美の本質を考察していく必要がある。如何なる「イメージ」の属性が俳句の美としてのぞましいか、例えば「新鮮さ」とかリアリティとかの属性を検証していく必要がある。それとともに今後追求すべきイメージの方向性が捉えられればよい。

主な参考文献

山本健吉『現代俳句』昭和三十九年、角川文庫
山本健吉『定本現代俳句』平成十年、角川選書
吉本隆明『定本　言語にとって美とはなにか（Ⅰ・Ⅱ）』平成二年、角川選書
金子兜太「俳句の造型について」（『金子兜太集』第四巻所収、平成十四年、筑摩書房）
金子兜太「造型俳句六章」（同右）
岡井隆・金子兜太『短詩型文学論』一九六三年、紀伊國屋新書
西池冬扇『俳句表出論の試み』二〇一五年、ウエップ

第2部　俳句と「意味」

はじめに　漱石のパロディ

一体、俳句とはどんなものか、定義は一定しているのか知らん。物の真相に迫ったとする実相観入や真実感合の句とか、人間の本質に迫る人間探求の句とか、主として時代の弊のみを発く社会性俳句とか、又は、走馬灯の如き世間の出来事を書きとどめる時事俳句、作者の主観を排し写し出したとする客観写生の句とか、その他いろいろの種類はあるが、是等、普通に俳句と称するものの目的は、必ずしも美しい感じだけを土台にしているのではないらしい。ただ自分が感動したことだけが、読者に解りさえすればよいのらしい。

私の「非情」の俳句は、この世間普通にいう俳句とは、全く反対の意味で詠んだものである。唯一種の感じ――美しい感じが読者の頭に残りさえすればよい。それ以外に何も特別な目的があるのではない。さればこそ、「意味」もなければ「情」の趣もない。

普通に云う俳句、即ち自然の本質に迫り人生の真相を味わわせるものも結構ではあるが、同時にまた、人生の苦を忘れさせて、慰藉するという意味の俳句も存在していいと思う。私の「非情」の俳句は、無論後者に属すべきものである。

で若し、この「非情」の俳句――名前は変であるが――が成り立つとすれば、俳句界に新しい境地を拓く訳である。この種の俳句はもちろん西洋にもないようである。日本にはその伝統はある。夫が出来るとすれば、先ず、俳句界に於ける新しい運動が、世界にも広がる可能性があるといえるのである。

実は以上の文章はパロディである。夏目漱石が非人情の小説である『草枕』について自身で述べた「余が『草枕』」(「文章世界」明治三十九年十一月)という文章を下敷きにしている。漱石は非人情の世界が俳句の世界と考えている。非人情の世界に非ずんば、非々人情の世界、すなわち人情の世界である。人情の世界とは情の世界のこと、したがって非人情の世界とは「非情」の世界でもある。少し強引であるが、漱石は「非情」の世界こそ俳句の世界と考えていた。俳句は文字による表出であり、必然的に何らかの「意味」を有する。その「意味」の質は俳句の本質の一つである。「非情」であれ、「情」であれ、その「意味」の内質を問うことは俳句の本質を問うことであり、俳句の意味論である。

第1章　俳句と「意味」

(1) 俳句言語において「意味」とは何か

「俳句の意味」という表現は少し耳慣れない、しかも「意味」という言葉自体、幅広く用いられるので、真意を摑みにくくなる懸念がある。「意味」という言葉は言語表現によって示される文字面の内容を指すことは当然であるが、その言語表現で作者が狙いとするところも意味である。また読者が感じ取る感情や思想など、諸々の精神的なモノも意味である。加えて、そのものの存在価値や重要さを意味という言葉で示すこともある。他人に向かって「あなたの句は意味がないね」というと、これは、存在価値がない句であると喧嘩を売っているようなものである。ただここでは、価値判断を意味する「意味」は興味がないので捨象する。

「俳句の意味」を考察するべき理由は二つある。

一つは世の中に「意味のない句」「無意味な句」と呼ばれる句がだんだん市民権を獲得しつつ

あることによる。例えば岸本尚毅氏は著書『十七音の可能性』で「無意味な世界を描く」という章をさいており、無意味な句を評価する。彼は、

露人ワシコフ叫びて石榴打ち落す　西東三鬼

を挙げて、この句は句材になった片々の言葉にバラして考えると、さほど意味のない断片が並ぶだけだが、言葉の塊としては妙な面白さを感じるという。「この句から受ける「ある感じ」が、「ロシア人のワシコフが、叫びながら石榴を打ち落した」という散文から感じられないとすれば、その差が俳句の付加価値なのかもしれません」という。

また、坊城俊樹氏は「ヌーッとした句考」（「WEP俳句通信」12号、二〇〇三年二月）で伝統派の巨星、高浜虚子の「ヌーッとした」という句は「信じられないくらい無意味かつ単純に我々の脳裏に焼き付いて離れない」と述べている。例えば次の句である。

映画出て火事のポスター見て立てり　高浜虚子
川を見るバナナの皮は手より落ち　〃

「虚子は知っていた。俳句なんぞ意味付けをすればするほどその価値が小さくなってしまうことを」。これらも「意味のない句」に対する前向きの評価である。

明らかに「無意味な世界を描く」と「あなたの句は意味がない」とでは、意味の内容が異なる。

そして「意味のない句」もしくは「無意味な句」が意味する世界は現代における俳句の進むべき重要な一つの方向にあると私は確信している。俳句の「無意味な世界」の存在意義を明確にするためにも「俳句の意味」とは何かを考察する必要がある。

もう一つの理由は、よりドラスティックである。俳句においては歴史的に、作者の目指すべき「境地」が非常に重要な役割を担ってきた。とりあえずは「境地」という言葉は、作者の目指すべき形而上学的世界のことをひっくるめて代表させただけで「理念」という言葉と置き換えてもよい。古くは芭蕉の「風雅の誠」という理念がそうであるし、「真実感合」とか「実相観入」とか、哲理的、宗教的、あるいは方法論的表現をとることもある。これらはすべて「俳句の意味」の世界の言葉である。俳諧の登場以来現代に至るまで、俳句という表出様式が持っていた意味、すなわち「俳句の意味」は詩歌全体の世界から見ると非常に特殊である。そのことをもう一度見直してみる必要があるのではないか、それによってさらにいくつかの今までとは異なる俳句の未来の方向がみえる可能性があるのではないか、それがもう一つの理由である。

（2）「俳句の意味」の形而上学的な世界：「境地」「理念」

俳句には「境地」や「理念」を示す言葉が多い。それらは作者および読者の俳句観であり、またその時代に理解されている俳句の本質を述べた言葉と思ってもよい。しかも、それらの言葉の多くには、現代に至るまで、芭蕉が確立したいわゆる蕉風の思想があたかも不易な真理のごとく根底に流れていた。少なくとも明治期に俳句を詠み読む人の大部分は「俳諧はわが国の文化の諸相を貫く風雅の精神の発現の一相である。」（寺田寅彦『俳諧の本質的概論』）と信じていた。風雅の誠は芭蕉の根本理念である。そして現代に至るまでの俳句の歴史は、よかれあしかれこれと類似の考えの影響下におかれたまま進行した。このことは功罪が相半ばすると考えている。一方では「風雅の誠」をせめる方法論が現代まで残存し、一種の独特の文芸としてグローバルな興味を得つつあるが、一方ではいまだに予定調和的な旧態依然たる趣の再生産をしてしまうために陳腐化が極度に進行していること、である。

（3）「俳句の意味」の形而上学的な世界：芭蕉の「道」

「俳句の意味」とはその俳句が言語として背後に持っている意味空間であるが、その大きな部分は句意から生じる、あるいは句意とは無関係に読者の高次のクオリアから生じる「境地」や「理念」が占めている。次の句を例に「俳句の意味」における「境地」や「理念」を考察しよう。

この道や行く人なしに秋の暮

まず言葉の表面上の意味を「句意」とすれば、句意は「ここに道がある。誰もその道を行く人はいない秋の暮である」というのが最も言葉通り（文字面）の意味で、多くの読者がほぼ同一の理解を示す可能性が高い。だが、言語には個々の単語あるいはその組み合わせの表現によって表出された意味の空間（私は言語空間と呼んでおり、個人によって異なることは当然想像されることである。）が存在する。つまり一般的に単語が有する概念のみならず「イメージ」や象徴性と呼ばれる諸々の精神的モノである。（言語学的には意味内容はシニフィエという。シニフィエを、ここでいう「意味」に置き換えうるかどうかは検討が必要だが、私は近い概念であると考えている。）

「詩は言語の表面的な意味（だけ）ではなく美学的・喚起的な性質を用いて表現される文学の一形式である。」という辞書にあるような定義が可能であるとすれば、詩歌には文字面の「句意」だけでなく、それを読む人に喚起させる、しかも美学的なモノが存在するはずであり、またそれが、詩歌を詩歌たらしめているのである。俳句は無論しかりである。意味の内容である諸々のモノというのは「趣」、読者の感じる「感慨」や「境地」と呼ばれる思想、あるいはリズムや質感もそうであろう。つまり実際には「意味」という言葉は拡張して用いられ、「句意」以上のモノも意味しているのである。

掲句にもどる。掲句を読む人は「この道」という言語が何か厳しい修行の「道」のようなモノ、作者が芭蕉と識っていれば、造化の誠・風雅の誠を極めようとする俳諧の「道」であろうことに思いを巡らす。さらには、その「道」を独り歩み続ける探求者・芭蕉の孤独感を喚起し、秋の暮という季語が与える心理的情感と併せてそれが増幅され、ひしひしと芭蕉の境地に触れることに思いをいたすであろう。それらの俳句が読者の心に生じさせるクオリア（質感、ここでは感動みたいなものととりあえず思っていただきたい）も「俳句の意味」である。その種のクオリアを生じさせる句に対して、「意味がある句」といって差し支えない。すなわち俳句における「意味」とは読者が表出された作品から受け取るクオリアであり、しかも単なるイメージの質感から志向的クオリアと呼ばれる高度に抽象化された想念や境地、思想の類のモノを含むのである。意味のあるというのは結局なにがしかの理念のようなモノなのである。

俳人は芭蕉がそうであったように、人間の内面的なモノ（形のある物ではなくモノとしか言い表しようがないモノだが）を表出しようとして、あるいは内面的なモノを達成するための「道」として俳句を捉えることで、自らの存在理由を確認してきた。内面的なモノは時代により人により変化するが、芭蕉の時代では目指すところは理念としての「風雅の誠」であり、近代以降でも様々なモノによって求めるべき「道」が示された。逆に「道」の感じられない俳句は格が低いとすら考えられるようになった。

（4）俳句表出論における「意味」論の位置づけ

ここで俳句表出論においては「イメージ」と並び「意味」が重要な要素であることを簡単に述

べておく。
○一般的に言語にはシニフィエ（意味内容）が伴っている。句意を拒否して作成した俳句であれば別だが、言語には意味があること自体、当たり前で云々することは無意味の感がある。だが、詩歌全体を見渡せば、未来派やダダイズムの詩がある。日本の詩歌でも萩原恭二郎の言語の意味を拒絶した詩の実験は、理屈上俳句でも可能であろう。
○「意味」を作者が意図した、および読者に生じた精神的なモノであるとすれば、それを構成する要素は多い。キーワードとして「情」「心」「境地」「誰々俳句の世界」等々、様々に表すことができるが、それらをまとめて「意味」と呼ぶことにする。
○「意味」という聞き慣れない言葉によって表現したのは、すでに「意味」については、吉本隆明が芸術的言語の重要な側面と論じ、また、金子兜太氏が俳諧の重要な要素とみなしていることにもよる。
○さらに積極的意義では「意味」とすることで広く、言語論的な土俵に俳句をめぐる議論を引きずり出すことができ、そのことで今我々が問題としている課題の正体がみえてくることを期待するのである。

（5）「情」と「非情」の世界

俳句も言語表現である以上、何らかの「意味」を伝達するモノであると考えるのが通常である。その意味では「無意味な俳句」という表現は一考を要する。誤解を呼ぶ可能性が高いこともある。意味性を排した表出といえども、実は言語表現は何らかの意味を有しているのだから「無意味な俳句」は奇妙だ。むしろ、意味のある句が人間の感情に基づく趣や境地を重視しているのだから、「情」という言語で代表させる方がよい。それに対して意味を排する立場を「非情」の立場とする。

「俳句の意味」とは、句意であることは無論として、言葉に直接表現されていなくともその俳句が持っている様々な精神的な諸々である。「俳句の意味」にまつわり重要となるキーワードは「理念」「情」「道」「心」「趣」など種々あるが、それぞれ歴史的存在理由がある。それらは定義の輪郭がぼやけてしまっているキーワードもあるが、できうる限り整理していく必要がある。まずは「情」で代表させるが、「情」は「非々情」すなわち「非情」以外の世界と思ってほしい。「非情」は仏教用語で「草木・山川・大地など心をもたないもの」を意味するので人間の心にまつわる諸々を排したという意味で「非情」は適切だと思う。「情」という言葉は一般的に非常に広義に使われ、かつ歴史的にも種々の要素が流れ込んでいるので厄介な言葉であるがそれゆえ便利でもある。とはいえ、一般的には「理念」は個々人の「情」に結びつかないような印象を受ける、だがそれも次章に述べる芭蕉の俳句の理念が両者は不可分であることを分からせてくれる。つまり「俳句の意味」の世界は「情」と「非情」の世界である。

第2章　芭蕉とその仲間における「俳句の意味」

(1)「情」と「理念」、および「道」との関係

この章では俳句「理念」の確立期を扱う。俳句において「理念」という概念は、はなはだ捉えどころのない輪郭を有するモノである、とはいえ価値あるモノ、例えば俳句の本質として信じられてきた。場合によっては「理念」は「道」という呼ばれ方をして、人間の生き方そのものまでも俳句の世界に取り込んでくる。しかも現代でも輪郭を変じつつ、「理念」はあたかも道徳律が我々を束縛するがごとく、俳人の心の底に歴然として横たわる、あるいは君臨しているようである。近代以降も俳句をたしなむ人を捉える俳句の本質が、「理念」的なモノであるとするならば、その源泉は芭蕉とその一門によって確立されてきたことをこの章では述べ、それが現代に与えた影響を俯瞰する。

特に本論考では俳句表出論の重要なキーワードとして「意味」を扱う。「理念」は「意味」の

中でも重要である。上述したが「俳句の意味」の世界は「情」と「非情」の世界に二分される。本意味論の結論の一つを先に述べると「俳句の意味」の世界はこの二つのカテゴリーの系譜が脈々と伏流として流れていた、ということである。

芭蕉一門は「理念」を「情」に理論的に関連づけた。そのことを説明し「情」という概念の重要性を強調したい。

(2) 物我一如とは何だ

良くも悪くも俳諧・俳句の理念を定式化したのは芭蕉である。「良くも」というのは、定説化しているようにそれまでの俳諧の世界に強固に雅という性格を付与確立したことである。「悪くも」というのは、それ以降の俳句の理念を束縛しすぎたということである。そのことを見ていこう。

芭蕉の俳諧に対する理念はその基本に宋学があることは、すでに尾形仂等によって明らかにされている(尾形仂『芭蕉の世界』)。宇宙の根源的中心は「造化」というモノ(宇宙そのものと思ってもよいし、宇宙を司っている生命的存在と思ってもよい)であり、その働き、活動力は「気」、その作用を制御する原理は「理」であるという世界観である。また宋学では造化の本体は「誠」(筆者後注)であるとしている。一方、芭蕉の俳諧の理念を一言であらわすと「風雅の誠」である、つまり宋学の「造化の誠」に対応して「風雅の誠」を根本理念として据えている。ちなみに「気」

には「流行」、「理」には「不易」を対応させており、不易流行は芭蕉俳諧の理念の根幹をなすキーワードである。

もっとも芭蕉の理念は本人のまとまった著作というより『去来抄』や『三冊子』のように弟子によって後世まとめられたものから我々はうかがい知っている。不易流行に関しても直接芭蕉が語ったものが無く、去来、土芳、支考等の著作に述べられているので知りうる。そのため、芭蕉直後の時代から、去来のごとく「不易流行は句の姿」であるという見解、土芳のごとく「風雅の誠の性格で理念の在り方」であるとみる見解など、相違が生じてくることになる。

実は世界観・俳諧精神・対象把握と表現法などに分類され様々な角度から論じられる芭蕉門の理念のうちで、本論考で最も注目したいのは対象把握法としての「物我一如」と呼ばれる理念である。この理念こそ、その後俳諧・俳句の世界に最も影響を与えたと私は考える。「あかさうし」の有名な言葉に、「松の事は松に習へ」がある。

松の事は松に習へ、竹の事は竹に習へと、師の詞のありしも私意をはなれよといふ事也。この習へといふ所をおのがまゝにとりて終に習はざる也。習へと云は、物に入てその微の顕て情感るや、句となる所也。たとへ物あらはに云出ても、そのものより自然に出る情にあらざれば、物と我二つになりて其の情誠にいたらず。私意のなす作意也。

この箇所は〈習うということは物の中に没入することで、そうすれば、その物の微妙なところが顕れて「情」が感じられる。それが句になるのである。たとえ物を明確に述べても、「情」がその物から自然にでてきたものでなければ、物と我とが二つのままで「情」は「誠」に至らない、つまり物我一如に至らない〉という考えである。

この部分は俳句作者の対象把握方法である。しかし、読んでも「情」の正体が判然としない。土芳の『三冊子』の引用箇所に三度も述べられる「情」とは一体なにものであろうか。作者である我の感情のことをいうのであろうか。それとも作者の外に存在するモノなのであろうか。「その微の顕て情感るや」と表現されているところから、作者が対象物から得た感情とも理解しうるし、「そのものより自然に出る情」とあるから対象物に備わる性情かもしれぬ。さらに「其の情誠にいたらず」というからには情は誠にいたるべき精神的モノとしての側面を有しているわけである。

しかし判然としないのは当然である。対象の中に何か根源的な、固有のモノの存在を認めても、そのモノの存在を認識する主体である人間の存在を認めるのが分かりやすい彼我の認識である。ところが物我一如という理念はそうではない。個々の作者である人間主体が客体を認識する場合にそれと合一することが必要で、西田幾多郎のいう主客合一の境地に通じている。芭蕉自身はその境地を物我一智之場所と表現しており、「日々より月々年々の修行ならでは物我一智之場所へ至間敷存候(松尾芭蕉書簡　元禄七年正月二十九日)」と膳所藩士高橋怒誰宛の書簡に述べている。

物と我とが向かい合った時に修行の結果として到達する境地としての「情」の存在を考えることができる。

「物我一如」に関しては山下一海が『総合芭蕉辞典』で「つまり、物と我が一つになると、作者の情は対象の深い本質にかなって、詩的な真実性が触発され、普遍的な永遠の生命を獲得するというのである。物と我が一如であるといっても、その二つは融合しあうのではなく、それぞれが別個でありながら、間髪を入れずに触発しあう。そして出来上がった作品の側からみれば、その二つがあたかも融合しているようにみえるのである。」と解説している。「融合しあうのではなく触発しあう」、とか「間髪を入れずに触発」と説明したりするので分かりづらいが、形而上学的世界の叙述はこんなものなのだろう。むしろ問題は「情」の捉え方である。一海は「情」を、どうやら作者の情と理解しているようだが、これは誤解を招く。あくまで芭蕉(『三冊子』)の考え方は、物と人間の感情とは独立しているとは考えていない。創作主体である我が、物に「入る」ことによって物の微が顕れて感じたモノなのであり、微と情は一体化していなければならないのである。

引用した「作者の情は対象の深い本質にかなって、詩的な真実性が触発され、普遍的な永遠の生命を獲得するというのである。」という説明も「対象の深い本質にかなって」、とか、「詩的な真実性が触発され」とか、思弁的な言い回しが多すぎるが、文章通りの解釈をすると要旨は〈作者の情は普遍的な永遠の生命を獲得する〉ということであり、情を作者の感情と限定して考えると、せっかくの物我一如の理念の意味が曖昧性を帯びる。ここはむしろ情は微と一つになって生じた境地のごときモノと捉えるべきではないか。作者の情ではなく、また物の微でもない、存在としての情を主張するべき理由は次の「本情」という芭蕉理念のキーワードを考えるとより明確になる。

☆注：「誠」について。一般的には「誠」は宋学において仁義礼智信の五常に加えて徳目としているようである。北宋の儒学者、周敦頤は、宇宙の根源である「太極」を儒学の重要経典『中庸』の中で示される「誠」と結びつけた。人の根本に「誠」がある状態とは、人の根本に「太極」がある状態であると定める。この段階で「誠」は徳目という観念的状態から観念的モノに変じると思われ、芭蕉にとってはすでに誠はモノである。

(3) 本意と本情は同義ではない

「俳句の意味」を考察している。「俳句の意味」にまつわる最も重要なキーワードは「情」であり、「情」をめぐる考え方が俳句の歴史において、大きな伏流を形成してきたことは、もっと注目すべきである。「情」が芭蕉一門の理念で果たす役割をここまでに見てきたが、「本情」という言葉の考察でそのことがさらに明らかになる。「情」が一般的に使用されるのに比して「本情」は俳諧用語であり、しかも芭蕉門の詩学において重要な言葉である。以下に「本情」を考察する。

「意味」の世界を示す代表的なキーワードに本意・本情がある。本意は和歌の世界で確立した「意味」の世界であり、一般的に「詩歌の伝統の中で公認された、対象の最もそれらしい在りかた」と理解されている。それに類似した言葉として本情がある。本情は一般的に「俳諧用語で対象の最も本質的な固有の性情」と理解されている。ともに『俳文学大辞典』の記述であり、非常に類似しているが、本意は「それらしい在りかた」と示され本情は「固有の性情」と記されているところに注目したい。

多くの従来の論は本意本情という形で続けて呼ぶことが多い。すなわち同一視されることが多い。例えば、復本一郎氏は著書で次のように述べる。

（前略）これが、「本意」とか「本情」とか呼ばれるものである。日本人の美意識が詩歌の享受を通して、磨き上げていった、ある対象（必ずしも、跼蹐《きょくせき》された対象ではなく、時間的、空間的な広がりにおいて把握されたところの対象）が、一番美しく感じられる状況、あるいは状態でのイメージである。「本意」「本情」については、紹巴の連歌論『至宝抄』（寛永四年刊）が、「本意・本情」を具体的に論じていて、理解しやすい。「春も大風吹、大雨降共、雨も風も物静なるやうに仕候事、本意にて御座候」「時鳥は、かしましき程鳴き候へども、希にきゝ、珍しく鳴、待かぬるやうに詠みならはし候」「秋の心、人により所により賑はしき事も御入候へども、野山の色もかはり、物淋しく、哀なる体、秋の本意なり」のたぐいである。「春雨」や「春風」は、「物静」かなイメージとして、「時鳥」は、「希にき」く鳥、「珍しく鳴」く鳥のイメージとして、「秋」は、「物淋しく、哀なる」季節のイメージとして、享受されてきたというのである。蕉門では、「本意」も「本情」も、同義に用いられている。『至宝抄』は、芭蕉も見ている書である。

（復本一郎『芭蕉俳句16のキーワード』より）

本意と本情は芭蕉門でも同義に扱ってきたことが指摘されている。また「イメージ」という言葉で、本意本情の実態を捉えていることは、興味深い。ただ、この説明には「イメージ」という言葉が、物としての像とそれに伴うクオリアの双方をさすことがあまり意識されていないと思われる。つまり時鳥は「「希にき」く鳥、「珍しく鳴」く鳥のイメージとして」とされているが、本意における時鳥の重要なことは夏告鳥であるということで、夏の訪れを告げる鳥の声として「待かぬる」ことこそ本意としてのイメージであることを指摘するべきであろう。だが、それよりドラスティックな問題としてここで指摘したいのは、従来より通説とされてきたことではあるが、本意と本情は同義であるという考え方である。

本意と本情は完全に同じ概念と芭蕉自身はみなしていたかというと、私は疑問である。しかも、本情という言葉に含まれている理念的な「意味」を考えると、その違いを強調することの方が重要であり、より芭蕉理念の理解が進むと考える。

『俳文学大辞典』（平成七年、角川書店）の「本意」の稿を少し長いが引用する。小西甚一が執筆した項目である。

【本意】和歌・連俳用語。詩歌の伝統の中で公認された、対象の最もそれらしい在りかたをいう。詩や能も含めた批評用語。〔詩〕唐代の撰者未詳『詩式』によれば、ある事物が作中で当然そのように把握されるべき在りかたをいう。これは、作者がそう詠もうとする主観的意図と、題材自体に備わる客観的特性とを併せ含む。〔和歌〕天徳四年（九六〇）の「内裏歌合」判詞が初見で、一二世紀には、作中事物の「いちばんそれらしい在りかた」だけを指す客観的用法、例えば、「秋の月なら遠く見えるのが本意だ」とする類も現れる。〔能〕世阿弥の伝書に見える用例も、対象の「それらしさ」を意味する点は、和歌における客観的な本意と共通している。〔連歌〕前記の客観的な面が、宗祇のころから強調され、特に紹巴の『連歌至宝抄』では厳しい軌範性を示す。すなわち、春に大雨の降ることもあるが、連歌における「春雨」は音もなく煙るように詠まなくてはならず、たとえその場で郭公がしきりに鳴いていようとも、なかなか鳴いてくれず、待ちわびるうち、やっと一声鳴いた、というように詠むべきだとする。〔俳諧〕紹巴風の本意は俳諧にも継承されたが、季題・季語に本意が浸透していったことは重要で、本意ぬきの歳時記は成り立たないであろう。本意にもとづく表現は、類型化・固定化を招くとして非難する向きも多いが、それは、個性尊重のロマンティシズムに次ぎ事実重視のリアリズムが栄えた一九世紀欧米の考えかたを承けたもので、T・S・エリオットあたりから非個人性が進出し、ジュリア・クリステヴァの間テクスト性説が唱道されている現在、無反省な守旧派ともども、根底から再考を要しよう。

次に同じ辞典の「本情」については尾形仂が執筆している。

【本情】俳諧用語。「本性」とも。「ほんじょう」とも。対象の最も本質的な固有の性情をいう。朱子学に、天より付与された純然たる性を「本然之性」とする考え方から出たもの。『続五論』に芭蕉の「金屏の松の古さよ冬ごもり」の句に関し、「金屏は暖かに、銀屏は涼し。これ、おのづから金屏・銀屏の本情なり。……金・銀屏の涼暖を今の人の見付けたるにはあらず。そも天地よりなせる本情なり」とある。『去来抄』に「およそ物を作するに本性を知るべし」とあるように、蕉門では本情の把握が作句の要訣とされた。『三冊子』に「物に入りて、その微の顕れて、情感ずるや句となる」とある「物の微」も本情を指す。『去来抄』の芭蕉「行く春を近江の人と惜しみける」の句をめぐる問答によれば、芭蕉らは伝統的本意も代々の歌人によるその時々の本情把握を通して形成されてきたものと解していたことがうかがわれる。

「本意」と「本情」は多くは同一の概念として扱われているが、各言葉が背景に有している意味の世界は明らかに異なる。俳諧の「本意」は和歌の世界に由来しており、そのモノの最もそれらしい在り方というより、歴史的に形成された精神的モノである。「本情」は宋学にその思想的背景を有しており、そのモノに固有の性情と規定されているが、実質は作家の境地あるいは創作態度から生じた、あるいは作者の存在なしには存在しえないモノである。つまり尾形仂の説明では「物の微」すなわち「本情」であるという捉え方をしているのであたかも物に備わる「客観的」存在であるかのような誤解を生みやすいが、実態は「本情」は物我一如の境地で生まれるべきモノであり作者のクオリアである。したがって、「本情」にはおのずから句作の態度が必要となり、このことが後世の多くの俳句作家の理念となりうる要素となっている。それに比較して「本意」は伝統的に形成されてきたクオリアの部分にしか過ぎず、またそれが言葉として表出されたモノにしかすぎない。

少し乱暴ではあるが両者の差を一口でいうと「本意」は歴史的なモノであり、「本情」は認識あるいは創作態度で生まれたモノである。

しかし両者とも基本的には「想出の美」(「補録」参照)を生み出すモノであり、情的な意味を形成するモノである。

☆注：本意と本情

本意・本情について、堀切実先生から、貴重なコメントと永田永理氏の「蕉風俳論における「本意」の一考察」という論考の別刷りをいただいた。当該論考には、俳諧における本意と本情の取り扱い方を詳細にレビューしてあり、大変参考になった。それと同時に俳諧における本意・本情で新鮮さを追求するための「うち返し」の手法に言及していることは大変刺激的であった。「うち返し」とは、一見本意や本情に違うようにみえるかたちで本意・本情を表現する手法である。私が刺激的に感じたのは、「うち返し」は俳諧の本意・本情的な共通の言語空間が成立するところに成り立つものであるが、範囲は本情的なクオリアの世界にとどまらず一般的な詩歌のレトリックの性格を持ちうるのではないかと想われるからである。堀切先生、永田永理氏に御礼を申し上げる。

（4）「姿と情」：姿情論に残された「情」としての課題

「俳句の意味」を考える場合「情」は最も重要なキーワードの一つである。その「情」とならび論じられてきた「姿」も俳句表出論としては重要なキーワードである。「情」は芭蕉の宋学的理念を背景として物我一如という形而上学的境地としての性格を強く帯びており、その心境から生まれる作品は姿情融合が表現の理想とされてきたこともよく知られている。

蕉風俳論では、「姿」は詞によって一句の上に形象化されたイメージ、「情」は句の心の色合で、対象に向う作者の心の働きのことをいい、基本的には姿情融合が表現の理想とされた。
（前出『俳文学大辞典』堀切実執筆「姿情」の項）

ここでは「姿」を「情」とあわせ表出論的にはどう重要であるか捉えてみる。

歴史的には「姿」は「風姿」をもともとは意味している。「風姿」は日本の和歌・連歌・能楽などの芸術的美にまつわるキーワードである。だがやはり表現した形、モノと捉えるか、その表現法もしくは趣そのものと捉えるか、辞書によっても微妙な差異がある。しかしそれは当たり前で、本来の理想としての姿情融合的考え方が現代に至るまで潜在的に日本人の意識にあるためであろう。

だが、芭蕉の生存期から「情」の内容は形象化されたイメージである「姿」と「情」に分離される。各務支考の姿先情後の思想がそれであり、理念的に「情」は対象物と我とが融合していることが前提である姿情融合の軛から解き放たれ、物に属する姿は姿として我に属する情は情として分離して論じられるようになった。ただし姿には認識の対象たる物の姿と、表象された作品としての姿と両用の意味はそのまま分離されていないので注意は要する。

各務支考の姿先情後の理論は「句作の態度」論として、またイメージ論としても興味深い理論である。現在、本論考の対象としている「情」の理念や境地との関連も興味ある課題である。この論について堀切氏は最近著した『現代俳句にいきる芭蕉』においても姿情論を論じている。その中で芭蕉の「かるみ」をめぐる評価が「風体」の論であり、「理念」「境地」的要素はないという主張は、私も「情」を重視する立場から納得できる部分が多いが、さらに論が現代俳句にまで言及されており、私自身は姿先情後の理論は今後検討をするための未来課題としてここでとめおく。

第3章　現代俳句における「情」の系譜

(1)「情」の系譜は非「非情」の系譜である

俳句という言語表出が作者の意図を伝えるためのものとするなら、その作者の伝えんとする趣や理（まとめて「情」と呼ぼう）があるはずである。だから情の系譜とわざわざ述べることはいらないという反対がありそうだ。しかしわざわざ「情」の系譜を論じるべき理由が二つある。一つには「非情」と呼びうる俳句が存在し、その存在を確固としたものにするため非「非情」である「情」の系譜を述べることである。二つには、こちらの方がさらに重要だが、俳句には理念を中心にした「情」の系譜が底流として流れており、十分にその存在に関する評価・批判がなされていないからである。

「情」の系譜は芭蕉の風雅の誠をせめるための方法論である「物我一如」の境地の導入により始まった。これは蕉門の理念であるばかりでなくその後の俳句、明治以降現代に至るまで、多大なる影響を残している。「実相観入」とか「真実感合」というキーワードが表している世界（理念もしくは境地、あるいは制作態度と呼ぶべきか）および、その影響下にある理念・思想がそれである。無論、明治以降西洋の芸術思想が知られるようになって、その影響も多く受けることになる。だから「情」の系譜は多様である。「文芸上の真」的考えも西洋思想の影響下に生まれたともいえなくはない。「情」の系譜はもともと源泉が一つではなく、非「非情」という否定の否定をしたところから生じた概念であるから、ひとことでいうのは難しいが、作者という人間が主体的に関わって生じたモノが「情」と呼ぶべきモノであろう。つまり物我一如的に物を認識したらそれは物の本情に迫っていこうとする強い意が働いているので「情」の世界の態度、なのである。

(2)「実相観入」と写生

実相観入は最もよく知られた現代俳句の理念の一つである。もとは斎藤茂吉が短歌で用いた言葉であり、写生に関して用いられた。実相に関し「西洋語で云へば、例へば das Reale ぐらゐに取ればいい。現実の相などと砕いて云つてもいい」と、また観入は茂吉の造語ともいわれるが「対象に深く没入して正しく認識すること」の意とされる。

有名な短歌における茂吉の提唱した写生の定義「実相に観入して自然・自己一元の生を写す。

これが短歌上の写生である」（『短歌写生の説』昭和四年刊）から考えると、自然・自己一元の生を写すわけなので制作態度においては芭蕉門の物我一如とまるで同じである。芭蕉門においては物の微と情が一つになった境地、茂吉においては自然・自己が一元化した生、言葉の相違はあっても双方とも西田幾多郎流の主客合一の境地を意味していることに相違はあるまい。

前掲の定義に関連して、茂吉は『短歌初学門』で興味あることを記述しているので引用する。

写生といふ語は元支那画論の用語で、花鳥画の一体のことであつた。それが幾多の変遷を経て、英語のスケッチといふのと同義語に使ふまでに至つてこの語の語義が堕落したのであつた。その写生といふ語を短歌の方に応用するに当つて、私等は写生といふ語の概念を改良した。

たぶん、茂吉の思いはこのとおりであったろう。写生という技法は本来、東洋思想の境地に根ざす理念ともいうべき境地であって、それを西洋流スケッチに堕落させてはいけないという。一方この茂吉の文章が著された昭和初期にはすでに正岡子規が没して（明治三十五年）久しい。子規が生きていたらこの文章を如何なる気持ちで読んだであろう。

写生をスケッチと同義語とする語義の堕落、と断じた斎藤茂吉は短歌の世界の人ではあるが、当時の詩歌の世界、特に若者に『赤光』で多大なる影響を及ぼした人である。この実相観入の思想こそ、その後の俳句界に絶大な影響を及ぼす理念となったことは周知のことである。そしてその理念は芭蕉門の物我一如の生まれ変わりであり「情」の系譜の本流でもあった。

茂吉の「実相観入」が当時から俳人たちにも行き渡った概念であったことは、例えば寺田寅彦の随筆に表れていることで想像できる。寅彦は物理学者であり、夏目漱石の弟子であり俳人でもある。


自然と人間との交渉を通じて自然を自己の内部に投射し、また自己を自然の表面に映写して、そうしてさらにちがった一段高い自己の目でその関係を静観するのである。

こういうことができるというのが日本人なのである。

こういうふうな立場から見れば「花鳥諷詠《かちょうふうえい》」とか「実相観入」とか「写生」とか「真実」とかいうようないろいろなモットーも皆一つのことのいろいろな面を言い現わす言葉のように思われて来るのである。

（『寺田寅彦随筆集』第五巻、岩波文庫）


写生は、西洋絵画の手法であり、子規が中村不折等の影響で取り入れた概念だというのが広く行き渡っている。しかし、子規の写生思想には東洋絵画における写生理論もその源泉にあることは『俳句の魔物』で指摘してきた。そのことを抜きにしては、子規の信奉者である斎藤茂吉が実相観入という哲理的言葉を写生の理念として主張したことは理解できない。写生という手法に理念的な情の色づけをしたのは茂吉の実相観入の考えだったと言える。

ちなみに山口誓子の句をあげ俳人の実相観入という言葉への関心を示す。

「観入」を説きて熱砂に指を挿し　山口誓子

真実感合の理念を禅僧あるいは哲学者のように追い求める人は少ない。「情」の世界においては理念というより句作態度としての魅力があるのではないか、念仏がそれを実践する信者に安らぎをもたらすように。

(3)「真実感合」への軌跡

真実感合は、もしかしたら実相観入より現代の俳人に影響力をいまだに有する作句理念かもしれぬ。加藤楸邨が昭和十六年に初めて用いた。前掲『俳文学大辞典』の「真実感合」の項には「(前略)「主客滲透」の究極のありようを指す。自己の真実と対象の真実とが一体化する境を、自己の俳句発想の基盤としたい、との念願をこめた言葉。(矢島房利)」とある。この定義は「自己の真実」を我の「情」とし、「対象の真実」を「物の微」とすれば、これも物我一如、主客合一の思想と質的な差異を見出すのは難しい。

真実感合の考えが、理念として芭蕉門の物我一如と相通じることは多くの論者が指摘していることで周知の事実である。最近では前掲の『現代俳句にいきる芭蕉』で堀切実氏が「楸邨のいう「真実感合」とは、主客が滲透し合うということであり、芭蕉の説く「物に入りて、その微の顕れて情感ずるや、句と成る所なり」（『三冊子』）、「物の見えたる光、いまだ心に消えざる中にいひとむべし」（同）などのことばとも通ずるものであり、「物（客体）」と「われ（主体）」とが二つのものでなく、一つになることであった。」と述べている、むしろ私は理念としては「通ずるもの」というより同一のものであると理解する。

それゆえ、真実感合という思想は物我一如と同じく、俳句の意味の世界では「情」の系譜に連なるべきである。

むしろ真実感合の思想を考察していて気になったのは、このような思弁的な理念でかつ言葉悪く言えば芭蕉の理念の焼き直しのような思想が何故多くの人々の支持を得ているか、また得ていたかということである。

私はその疑問に対して、次のようにして一定程度の理解を得たつもりである。そのヒントは岡崎桂子氏の『真実感合への軌跡』から得た。結論は以下のとおりである。

○作句の態度の魅力

まず、真実感合は俳句の理念というよりは俳句との向き合い方としての魅力を現代の実作者は感じたということである。長い引用となるが、俳句評論において理念もさることながら、「情」の世界が与える影響を考えるのによい。

私は楸邨俳句の実作者としてのあるべき姿勢は「真実感合」であり、その後アレンジはあったにせよ、この考え方が終生楸邨の俳句の基本にあったものであると考えている。「真実感合」は俳文学者の論ずる俳句の本質論ではなく、実作者と詠む対象の関係がどうあるべきかを考えた論である。楸邨の評論は一読して筋道の通った切れ味のよい明解なものとはいえない。どちらかというと自分の内面の声を聴きながらゆっくりゆっくりと書いていくのである。こういうこともある、また別の面もあると、行きつ戻りつしたりもする。そしてひとつのテーマにかなり執着して、長い間にわたって書いては考え、自分を納得させるのである。「真実感合」についてもそのような面がみられる。

実作者と詠む対象の関係は俳句の理念の世界では重要な意味合いを持つ。せんじつめれば主客合一か主客が二つで相対するかの問題であり、思弁的、あるいは哲理的面が強くあまり新鮮味のある課題とも思えない。だが、実際にそういう句作の態度で俳句をものしようと意図すると悩みを実作者に与える。その時の迷いを表現している楸邨の論に魅力を、あるいは救いを感じるのは当然であろう。

○新しい装いの「風雅の誠」という情

湫邨の「真実感合」の基本となる考え方は湫邨自身の「俳句の文法的研究」によると「こころ」と「こと」と「ことば」が不可分になる三位一体の状態を「まこと」とするところにある。「まこと」は芭蕉の「風雅の誠」が衣を替えて登場したと考えてよい。ただ「こころ」と呼んだのは芭蕉俳論の我が感じる「情」がアナロジカルには対応しているはずだが、湫邨は「こころ」を大変重視する。前掲の岡崎氏は写生に関する湫邨の態度として「感覚的事実の背後にひそむ「こころ」の光を窺おうとする態度」と「まこと」とに注目し次のように述べている。

私はこの「まこと」と後者（筆者注：右の「こころ」の光を窺おうとする態度）の写生論が、「真実感合」に発展したと考えている。つまり言葉と対象の間に、それを表現する作者の心を重視すること。その心は単に対象の光を深く見ようとするだけではなく、対象に自己の生命を見、自己と対象の生命を一体化して詠むことを考えているのである。

湫邨が求めているのは「情」の系譜の中でも特に自分の心を表出しようという努力をする、「季語の季感をあらわに句の表面に出さないで、自分の中の混沌とした心の状態を俳句にすることの必要性（後略）」、そのことを高く支持している。まさに「情」を前面に押し出すことの魅力を湫邨俳句の実践者は感じているのである。

○飛躍という手法

岡崎氏は「飛躍」という手法に関して「その他に「真実感合」の中で注目すべき考えは飛躍である。」としており、飛躍が魅力の一つになっている。「飛躍」は手法の一種だと私は思うが、楸邨は自然を対象とした時の句作の態度と捉えて次のように説明する（「真実感合」昭和十六年八月「寒雷」掲載）。

芭蕉は飛躍を体得したのであり、自然の真実に感合して自己を自然と滲透させるすべを自得したのである。自然に感合することによつて、人間的存在の真実をその中に滲透する態度、これこそ、俳諧が短詩型でありながら厳として存在する所以である。

岡崎氏は「飛躍」をもう少し説明して「もの言わぬところ、一見無言に属すると見える表現に、深い内容を盛りこむものであり、その姿勢は写生の限界から一歩高く身を躍らすことであり、決意に似た響きを持つ」というのが楸邨の定義であり、その例句として挙げたのは

鶏頭の十四五本もありぬべし　子規
荒海や佐渡によこたふ天の川　芭蕉

である。飛躍の句の定義が思弁的なわりに意外にシンプルな表出と感じる。私には鶏頭の句にお

ける文体への工夫、天の川の句におけるイメージを鮮烈にするための構成の工夫等は感じられるが、「深い内容」およびそれを盛り込む飛躍とは具体的云々が正直分かりかねる。理念を優先させた鑑賞なのではないか。

岡崎氏はさらに、「真実感合」の飛躍の考えが到達した作品として

ふくろふに真紅の手毬つかれをり　楸邨

という句を挙げている。この句は私も大好きな句である。高次のクオリアを伴うイメージが次々と湧き上がる句ゆえである。確かに多くの人が「想の自在さへと飛躍」していると感じるであろう、だがこの句が「真実感合」の句かと問われたら、躊躇して別のイメージのグループに属する俳句と応えざるをえない。あるいは「真実感合」とは何ぞやの根本に戻った上、判断不能と応えざるをえない。

（4）「情」の系譜の本流

ここまでで見てきたことは、俳句における対象の認識方法として、芭蕉の「物我一如」以来、モノの本質にせまるという思弁的な道とも呼びうる考え方が連綿と情の世界の本流を形成してきたことである。その考え方は「真実感合」、「実相観入」と呼び方は変化しても、自我と外界を対

置するのではなく、物と我との合一によって、認識が達成できるという基本は同じである。この思想は西洋流の写生技法をも思弁的な色に塗り替えるほどの生命力を有して、現代でも俳句世界では息づいている。しかも多くの場合、モノの本質、物の微、実相と呼ばれるのは、多くの場合モノの本情とも呼ばれる伝統によって形成されてきた共通の情の認識——典型的には季語がそうであるが——に他ならない。つまり従来の俳諧以来の俳句は情の世界をせめることが本流だったと言わざるをえない。

「情」の系譜に属する俳句は非「非情」の系譜であるから、多くの範囲の句が属する。「人間探求派」のグループや水原秋桜子の「文芸上の真」的発想は「情」の系譜に連なる。だが金子兜太氏の「造型俳句」のように「意味」論からではなく「イメージ」論として論じなければならない俳句思想もある。また、情を排したところに生まれる美を追求する俳句もあり、これらの方法論から新しい方向性が生まれる可能性がある。

第4章　現代俳句における「非情」の系譜

（1）「非情」の俳句という系譜

「意味のない句」とか「無意味な句」と通常呼ばれる句がある。誤解を避けるために、「無意味」な俳句というのは俳句として価値がないという意味ではない。またナンセンス俳句（明確な定義があるわけではないが）のことでもない。俳人がよく使う言葉でいえば「ただごと俳句」といわれる概念に近いと思われる。「ただごと俳句」は現在多くの場合、その句を誹る、あるいは非難に使われる方が多い。しかし、もともとの意味は、「徒言歌」として古今集仮名序の和歌の〈そえ歌・かぞえ歌・なずらえ歌・たとえ歌・ただごと歌・いわい歌〉の一つである。ものにたとえないで、ありのままに詠んだ歌をさす名称である。江戸時代に小沢蘆庵が和歌の理想の風体として主張し、それがために、冷泉家から破門されたという逸話があるから異端の風体だったのかもしれぬ。つまり「ただごと」の詩歌というのは和歌の世界では昔から存在していたわけで、しかも「ものにたとえないで」に本質的な意味合いがあるので、世にいう「ただごと俳句」と「意味のない句」とを同一視するわけにはいかない。そこで本論考ではより広い概念を包括できるように「非情」の俳句という概念を提案する。「非情」の俳句というのは「ただごと」の句、「無意味」な句、「ヌーボー」とした句、「純客観写生」の句などと呼ばれた句を総称し、これまで述べてきた理念や趣などの「情」を中心に据えることを極力排することで生じる句である。

「非情」の俳句という概念で俳句の意味を論じるメリットがある。

一つには、従来の「情」や「理念」、「境地」等々を重視してきた句に対して、明快な名称を与えることで新しい句の方向を示すことができる。一つには「無意味」な句という語感が有する存在価値のない句という意味を払拭できる。一つには「非情」が夏目漱石のいう非人情の世界（漱石は『草枕』で非人情の世界は俳句的世界としている）に通いあう響きのある名称であること。一つには俳句写生論の複雑な歴史的構造をすっきりと整理できる可能性がある。

以下に「非情」の俳句の系譜に連なるべき、いくつかの事項を検証していく。

（2）正岡子規の写生は「非情」への入り口

正岡子規は俳句に「理想」の世界が入り込むことを極端に嫌う。子規は「情」の世界を「理想」、もしくは「理」という言葉で呼び、「理想」の句は基本的には低く評価する。あるいは俳句に作者の「理想」を求めることを嫌う。子規の『俳諧大要』を引用してみる。

初学の人俳句を解するに作者の理想を探らんとする者多し。然れども俳句は理想的の者極めて稀に、事物をありの儘に詠みたる者最も多し。而して趣味は却て後者に多く存す。例へば

古池や蛙飛びこむ水の音　芭蕉

といふ句を見て、作者の理想は閑寂を現すにあらんか、禅学上悟道の句ならんか、或は其他何処にかあらんなど、穿鑿する人あれども、それは只々其儘の理想も何も無き句と見る可し。古池に蛙が飛びこんでキヤブンと音のしたのを聞きて芭蕉がしかく詠みしものなり。

ここで注目すべきは読者が作者の「理想」を探ることを戒めていることである。現代にも、この種の鑑賞が多く、表出された俳句作品から遊離してしまう傾向がある。俳句鑑賞が共通の議論の土俵に乗らなくなるので、このことは俳句批評において心すべき点である。それはおいて、ここにいう理想も何も無き句こそ、すなわち「非情」の俳句なのである。

もう一句同じ『俳諧大要』から芭蕉の句を引用する。

（前略）

しばらくは花の上なる月夜かな　芭蕉

芭蕉吉野にての吟なり。これは吉野の花の多きことを言へるものにして、そこら一面の花なれば月もしばらくは花の上を立去らずとの意なり。此処にて「しばらく」といふは稍々久しきことを言へり。これは素人好のする句なれども深き味の無き句なり。蓋し実景を写さずして理想に趨りたるが為ならん。

子規が芭蕉より、「理想」を排した蕪村の句を推奨したのはよく知られている。「理想」を排するために子規が用いたのは写生という技法であった。写生という技法を俳句に導入する際に西洋画法の影響があったこともよく知られている。しかし、子規の写生技法の導入には単純な西洋思想の導入という図式で論じることに、私は疑問を有している（参照『俳句の魔物』）。むしろ蕪村の再評価等、子規は日本の古来の美学の位置づけの中で捉えようとしていた点を見逃してはならない。子規は陸羯南の日本新聞社に身を寄せていて、周囲の環境は当時としても強いナショナリズムの影響下にあった。したがって、子規にとっての最大の関心は、西洋から流入された「美」という概念で日本の伝統的な美を再構築しようとしたのであり、明治初期の日本の文化人にとって当然の潮流であった。また世界的な美術の流れの中ではバルビゾン派の活躍やドーミエ、ミレー、クールベ等の写実主義が全盛の時代である、お雇い外人教師を通じての写生という概念の導入も必然の感が強い。

子規が「美」を追求するための最強の手法を「写生」と判じたのはその後の日本の俳句の「意味」の世界に決定的影響を与えた。「美」を土台に、従来の俳句に存在する形而上学的な理念や、月並俳句を中心とする情を中心とした俳句を改革しようと気負ったに違いない。『俳諧大要』の「俳句の標準」という箇所を見るとその意気込みが分かる。

一、俳句は文学の一部なり。文学は美術の一部なり。故に美の標準は文学の標準なり。文学の標準は俳句の標準なり。即ち絵画も彫刻も音楽も演劇も詩歌小説も皆同一の標準を以て論評し得べし。

一、美は比較的なり、絶対的に非ず。故に一首の詩、一幅の画を取て美不美を言ふべからず。若し之を言ふ時は胸裡に記憶したる幾多の詩画を取て暗々に比較して言ふのみ。

一、美の標準は各個の感情に存す。各個の感情は各個別なり。故に美の標準も亦各個別なり。又同一の人にして時に従つて感情相異なるあり。故に同一の人亦時に従つて美の標準を異にす。

美を土台とすることは、従来の「情」を土台とする俳諧の在り方を排することであり、「非情」

の世界の系譜に属することである。「写生」はそのための手法なのである。

（3）夏目漱石の俳句的小説『草枕』における「非人情」と「非情」

○俳句的小説は美が目的

夏目漱石は『草枕』を俳句的小説と称する。漱石自身俳人であり、また正岡子規の友人である。『草枕』には無論当時の子規の周囲の俳句観が色濃く反映されているに違いない。『草枕』において漱石は「情」より美を貴ぶ、子規と同じ美である。

『草枕』の制作意図を漱石自身が述べている（前出：「余が『草枕』」）。

私の『草枕』は、この世間普通にいふ小説とは全く反対の意味で書いたのである。唯だ一種の感じ——美くしい感じが読者の頭に残りさへすればよい。それ以外に何も特別な目的があるのではない。さればこそ、プロットも無ければ、事件の発展もない。

ここに子規と同じように「美」が登場している。

逸脱するが、美学という概念が日本人に浸透したのはいつだったのであろうか。たぶん、子規・漱石の時代であろう。日本で初めて「審美学」として美学が講義されたのは一八八一年（明治十四年)、東京大学であったと聞く。それ以前にはわび・さび・幽玄をはじめ個別の美学的哲学が存在しており、それぞれ独特の体系を有していたが、一貫した美学の体系化は近代以前にはなされていない。スペンサー派の社会学を学んだ外山正一、フェノロサの担当で哲学、あるいは西洋美術史も講義され、日本の美術史への関心も高まり、子規や漱石がそれらの風潮の影響を受けたことは想像に難くない。

○非人情の美学とは何か

漱石の『草枕』には非人情という言葉が数え間違いがなければ25回登場する。非人情というのは注解によれば(中央公論社『日本の文学』第十二〈夏目漱石 第一〉)漱石の造語とあるが、今では電子辞書にも項目としてある。注解では「世俗の人情・不人情を超越した自由で理想的な境地。自己の利害をはなれて事物を認識する態度」ということになる。自己の利害を離れてというのは、作者の物に対する同化の度合い、つまり境地あるいは制作態度において、どれだけ自身を対象物から離して置くか、ということにもなる。逆に言えば対象物に対する関心、同情、愛着、あわれと思う心等々がなければ離れて置くということが意味をなさない。非人情は人情がなければ存在しないというメカニズムは意味論において重要なことがらである。本論考でいう「非情」の系譜も「情」の系譜の存在なしには成り立ち得ない。

漱石にあっては、対象物との同化の度合いというのは、こと俳句だけの問題ではない。芸術(文学）一般の問題である。漱石の「写生文」が興味ある喩をしている。「写生文家の人事に対する態度は（中略）大人が子供を視るの態度である」というのがそれであり、意味することはさておき、写生技法においても主たる関心が人事にあることが分かる。俳句の意味論の世界から言うと漱石の非人情という態度は、形式上は物我一如の考え方とは反対の極地にあるが、漱石の非人情は人情の存在、すなわち対象が人であることから出発した態度であることには留意が必要である。『草枕』にもどり付言すると、漱石は非人情の小説に関して「普通に云ふ小説、即ち人生の真相を味はせるものも結構ではあるが、同時にまた、人生の苦を忘れさせて、慰藉するといふ意味の小説も存在してい〻と思ふ。私の『草枕』は、無論後者に属すべきものである。」（前出：「余が『草枕』」）と述べている。「非情」の俳句の究極的役割もこの辺りにあるのではないかと私には思える。

（4）客観写生という「非情」の論理：主客混乱の理由

写生は本来客観的なものであろうから「非情」の系譜に繋がるべきものであろう。もともとの絵画の世界ではスケッチとは（主観とか客観とか形容しようのない）単なる技法にしかすぎない。ところが俳句には客観写生（高浜虚子が用いた造語）とか主観写生とかの分類をする考えが生じた。のみならずそれがために写生をめぐる議論はときおり完全燃焼をしない形で再燃するし、実際の作句上や句作指導上の混乱は現代にまで続いているように見受けられる。写生に客観とか主観という考え方が混入された歴史的源泉は、従来の日本芸術に存在していた物我一如という独自の哲学にあると私は理解している。写生という技法が物の認識に関する哲理や理念と結びつき、写生という技法が境地にまで引っ張られている「写生道」などという言葉すら存在している。すでにこの辺りの問題を私は『俳句の魔物』で指摘してきたが、写生がすっきりと「非情」の系譜に収まりきれないのは、俳句の巨人高浜虚子の存在に起因しており、改めて「意味」の視座から今後論じるべき必要性を感じている。

（5）「非情」の俳句・「情」の俳句：俳句の方向

現在「意味のない句」「無意味な句」と呼ばれる一連の「非情」の俳句の存在意義は如何なるモノであろうか。「非情」の俳句が有するべき「意味」は如何なるモノであろうか。また「情」の俳句の系譜に繋がるような傾向の句における従来の境地や理念とは異なる美を有する句があるのではないか。それは今後多くの実作者たちが歴史の中で築き上げていくモノであろう。

だがいずれにしても言えることは過去との訣別は過去の俳句的理念との訣別である。俳句において最も求められるべきは、境地でもなければ理念でもない。現実の作品が生み出す「美」の世界である。それこそ不易のモノとして目指されるべきである。

「情」・「非情」いずれにしても「俳句にとって美とはなにか」を追求し、実際の句をもって、論じあうべきであろう。美をもって論じあえば、従来ありがちな作者の理念から句を穿った解釈をする馬鹿げた鑑賞をするおそれも解消する。

短詩型である俳句にとって重要な存在理由は、漱石が俳句的小説に対して述べた「人生の苦を忘れさせて、慰藉する」ことであるべきだ。その意味で高浜虚子のいう「極楽の文学」は的を射ている。作者が声高に「情」を述べずとも、読者にふと語りかける、「人生に寄り添ってくる」俳句、そのような俳句こそ美しい俳句なのである。

主な参考文献

尾形仂『芭蕉の世界』一九八八年、講談社学術文庫
潁原退蔵校訂『去来抄・三冊子・旅寝論』一九三九年、岩波文庫
萩原恭男校注『芭蕉書簡集』一九七六年、岩波文庫
岸本尚毅『十七音の可能性〜俳句にかける』二〇一五年、NHK出版
堀切実『最短詩型表現史の構想　発句から俳句へ』二〇一二年、岩波書店
堀切実『現代俳句にいきる芭蕉』二〇一五年、ぺりかん社

復本一郎『芭蕉俳句16のキーワード』一九九二年、NHKブックス
斎藤茂吉『斎藤茂吉選集』第二十巻歌論、一九八二年、岩波書店
岡崎桂子『真実感合への軌跡——加藤楸邨序論』平成十三年、角川書店
有富光英『草田男・波郷・楸邨——人間探求派』一九九〇年、牧羊社
栗山理一監修『総合芭蕉辞典』昭和五十七年、雄山閣
小宮豊隆編『寺田寅彦随筆集』第五巻、一九六三年、岩波文庫

第3部　「非情」の俳句

第1章　「非情」の俳句とは

「意味を排除した俳句」、「無意味・無内容の俳句」等々呼ばれる一群の俳句がある。妖しげな魅力を振りまいているが正体の分からぬ存在である。例えば岸本尚毅氏が「無意味な世界を描く」という西東三鬼の「露人ワシコフ叫びて石榴打ち落す」、あるいは高浜虚子の「ヌーッとした句」として坊城俊樹氏が鑑賞した「映画出て火事のポスター見て立てり」や「川を見るバナナの皮は手より落ち」がその類である。私は、これらの一群の句を総称して「非情」の俳句と呼び、現代俳句が追求すべき方向の一つと考えている。

(1)「蝿叩」に見る「情」と「非情」の俳句

「非情」の俳句といっても、カテゴリーとしてすっぱり割り切れないところもある。だから「情」の俳句と「非情」の俳句の違いは、実例をもって示す方がよい。近現代において「非情」の俳句を数多く意識的に作り、いわば最初に市民権を与えたのは高浜虚子である。（彼の場合ヌーッとした句といった方が通りがよい。）虚子の好きな句材「蠅叩」で「非情」と「情」の俳句を比較してみよう。

○虚子の蠅叩：「情」の俳句
まず虚子の「情」の俳句である。

山 寺 に 蠅 叩 な し 作 ら ば や　　虚 子　昭和29年

山寺に泊まったら蠅叩がないので、作らねば、と思ったという。状況を説明し意志や願望の顕わな表現は作者の主観の表出である、ゆえに「情」の俳句とする。

仏 生 や 叩 き し 蠅 の 生 き か へ り　　虚 子　昭和29年

叩き殺したつもりの蠅が生きかえった。その時、作者は仏生を感じたという。抽象的な仏の存在のような、思弁的、理念的世界を高次のクオリア（脳内の高次な質感）として顕わに表現することは客観的真理か否かにかかわらず典型的な「情」の俳句である。

蠅 叩 手 に 持 ち 我 に 大 志 な し　　虚 子　昭和31年

作者の感慨の顕わな表現である。虚子は日常用品蠅叩を手に持ち我に大志はないと嘯いてみせる。感慨もモットーも意味、まさにこれは「情」の俳句そのものである。

○虚子の蠅叩：「非情」の俳句

虚子はなんとも無内容でいて、味のある句、「非情」の俳句を好んで作ってみせる。

一 匹 の 蠅 一 本 の 蠅 叩　虚 子　昭和29年

文体としては、全く二つの物の名詞を並列しただけの句である。作者は何も格別に伝達すべき意味を表出する意図がないように表現している。いわば無内容である。読者も格別な意味をそこから汲もうとする必要はない。蠅が一匹おり、蠅叩が一本転がっているだけなのである。無論、蠅の命とそれを奪う道具の緊張感をそこに読み取ることも可能で、それは読む側の自由だし、読んで欠伸をするのも勝手である。それが「非情」の俳句なのである。

新 し く 全 き 棕 櫚 の 蠅 叩　虚 子　昭和32年

蠅叩を見ることは少なくなったが、金網と針金製やプラスチック製、さらには電気仕掛けの近代兵器もあるが、より古くは棕櫚の葉を凧糸で編んだ物である。シンプルでしかも軽くて具合がよい。現代でも趣味で棕櫚の葉から蒲団叩きや蠅叩を作る人がいる。聞けば作り方の講習会もあるそうだ。棕櫚の蠅叩は、モノの形状としても美しいのである。そう考えると、蠅叩の好きな虚子が全きという、殊の外美しく出来上がった棕櫚の蠅叩を手にしたときの喜びが分かるではないか。その喜びを表現したこの句は完全に「非情」の俳句といってよいか迷うところであるが、意味はたわいなく、世にいう無内容な句である。「非情」というカテゴリーは無思想・たわいなさに通じる無内容であることを含む。

昼寝する我と逆さに蠅叩　　虚子　昭和32年

昼寝をするのにも虚子はそばに蠅叩を置いたらしい。しかしうっかり握り手の棒の部分を自分の手から遠く、つまり逆さまに置いてしまったのである。ただそれだけのことが意味のすべてである。無内容と言えば無内容、些細なことと言えば、どうでもよい些細なことである。だが、そこはかとない面白み、人によってはやすらぎがある。ひょっとしたら、物の存在とは何ぞやという実存的感覚に陥る人もいるかもしれない。だがいてもかまわない、要は、それが作者によって顕わに押しつけられた感覚でないこと、それが「非情」の俳句なのである。

○オーラを放つ「蠅叩」

虚子以外にも蠅叩が好きな俳句作家は多い。蠅叩という代物は、現代では存在感が希薄であるが、かつては日常的道具であった。日常用品である上に、そこからはあまり哲理のようなものを詠い込む気持ちにさせられないのが蠅叩である。そこが「非情」の俳句を生みやすくしているのかもしれぬ。おおげさにいえば、蠅叩の存在そのものに「非情」の世界の魅惑を放つオーラがある。

蠅叩き突かへてゐて此処開かぬ　星野立子

こういう、日常経験することで、そこには雅のかけらもなく、たわいないことを詠う句は無内容の句と呼ぶにふさわしい。たわいなく無内容、それゆえにこれも「非情」の俳句なのである。雨戸か何かの類の何処かに蠅叩がひっかかっていて、がたびしやっている作者の姿が浮かび、ほほえましい。立子は虚子の次女である、つまり親子そろって蠅叩が好きなのだと思うとよけい面白い。たわいのない句のよさは、イメージが鮮明で彷彿とするところにある。無内容に通じるたわいのなさは「非情」の世界なのである。

蠅叩此処になければ何処にもなし　藤田湘子

この句の意味、すなわち句意は平明である。此処になければ、蠅叩はどこにもないのだが、おかしいな、と作者は探し回っているのである。しかしこの句も何も哲理を考えているわけではない。日常の些細なことを述べ自分で不思議と思っていることを表現しただけである。このような深い意味のない句はやはり「非情」の俳句なのである。無論そこに訓戒や哲理を読み取る人のいるのは自由である。

蠅叩き凹んでゐたる方が裏　大崎紀夫

現代の俳人も蠅叩を好む。すでに蠅叩はオーラを放ちながら「非情」の世界に誘うＲＰＧの「アイテム」の一つと化しているのかもしれぬ。これは美しい棕櫚の蠅叩ではない。あの無様によれよれになり、幾多の蠅の命を奪ってきたおぞましい金網を張った蠅叩である。平らであった蠅叩の面も使用しているうちに片側へ膨らむ。そして凹んでいる側が、すなわち裏なのである。どうでもよいようなたわいのないこと。しかし何かしらの滑稽感と不気味感が、読んでしばらくすると、じんわりと湧いてくる。それが「非情」の俳句なのである。

蠅叩持っておもてへ出てゆけり　林　明子

何のために蠅叩をもって外へ出ていったか分からない。まさか今時町内会の蠅撲滅運動に狩り出されるわけでもないだろうから。ただただおもてへ出たのである。日常的な行動のコンテクストというものがあればそこからずれている。そのナンセンスさは「非情」の俳句の類の面白さである。

晩夏晩年角川文庫蠅叩き　坪内稔典

角川文庫で蠅を叩いたのであろうか。角川文庫という固有名詞でなんとなく意味を汲み取ることを強要されているような言葉が並列している。だが単なるモザイク、あるいはパッチワーク的面白さはある。これは無内容というより意味が分かりにくいだけの「情」の俳句ではなかろうか、判断に迷うところである。

○不思議な魅力「非情」の俳句

以上、蠅叩の句で見てきたように「非情」の俳句というのは必ずしも「情」の俳句と明確に分類できるものばかりとは言えない。しかしながら、従来俳句が理念として追求してきた思弁的な句や情緒的な句とは明らかに異なる傾向を有する。むしろ思弁的・情緒的な理念を「情」とすることが先にあり、それを排したところに生まれる魅力を有する句を「非情」の俳句と呼ぶのである。

（2）「非情」の俳句という名称について

「非情」の俳句は、冷酷な俳句という意味ではない。「非情」の俳句は、芭蕉のように「風雅の誠」をせめるわけではない。また秋桜子のように抒情を追求するわけでもなく、また人間を探求するという具合に理念を追求するわけでもない。「非情」の俳句とは文字の上からは「情の俳句」でない俳句である。「意味を排した句」あるいは「無意味・無内容な句」を包含しているのだが、それらの名称は定義に曖昧性や、解釈する人ごとにずれがある。

特に「無意味・無内容な句」という表現はどうしても誤解を生じやすく、無意味は無価値と同義に扱われやすいので、世にいわれる「無意味・無内容の句」の大いなる意義を主張するためには好ましくない。「意味を排した」と称するならば適切かというと、言語には「意味」が本質的につきまとっているという観点からは、やはり好ましくない。「ある一群の句」の性格として最もふさわしいのは、「情」を排する「非情」の俳句とするのがよいであろう。その際には「情」を括弧付きで広義に扱い人間の理念や思念、感情をも含んだ言葉と考えるのである。

一般的に、何々ではない、という否定的な表現で説明すると、あまり判然としない印象が残る。それは避けたいが、もともと現在の俳句の在り方、特に理念や思念、感情を重視する立場に対して、アンチ的に登場している側面もあるので、「非情」という否定的表現はやむをえない。

詩歌というジャンルは情を詠うべきと信じる人からは、「非情」の俳句というのは、存在価値を問われるべき名称ではある。一言でいえば、どうも胡散臭い、あるいは俳句世界の周辺の少し霧が立ちこめてもやもやした辺境・周辺に蠢いているだけのトリックスター的存在のような印象がある。しかし周辺は突然中央にとってかわることもある。

（3）「非情」の俳句という「詠いぶり」の存在

「非情」の俳句というのはなにもこのごろになって突然に登場したわけではない。日本の詩歌の中に脈々と流れてきたジャンルというより「詠いぶり」の一つであるが、あまりその流れに注目する人が多くなかっただけである。よくいわれる「ただごとの句」もそのカテゴリーに属している。ただし古今和歌集の序にいう「ただごと歌」は、もともとは古註にあるように「事の整ほり、正しきをいふなり」と道義を詠んだ歌であるから異なる。だが、しだいに譬喩等を用いずに日常のことばで「俗人ノ言語ト異ナルコト無シ」と表現するのが「直言（ただごと）」になったので、無関係ともいえない。

俳諧の時代にはすでに「非情」の俳句は存在している。「軽み」の句の大部分をカテゴリーとして包含していると思われるが、「軽み」については論争が多い領域であるし、私も検討中なので残された課題と思っている。

いずれにしても所謂「ただごと」に近い「詠いぶり」（これも「軽み」を「詠いぶり」と呼んでしまっていいかどうか危険だが）の句は多かったのであるが、「軽み」以外には認識の対象となることは少なかった。それは俳句の鑑賞において、風雅という言葉に代表されるような情念あるいは哲理的理念（これらを「情」と呼んでいる）が優先され、それが意味とされ、イメージがそれに奉仕するものとして扱われた時代が現代まで続いてきたからである。

まずはできうる限り、具体例をもって、「非情」の俳句の世界に照明を当ててみたい。意外に多く、むしろ俳句においては本流に近い「詠いぶり」であることに気がつくはずだ。その存在を明らかにして俳句の世界の「詠いぶり」の一つとして「非情」の俳句を位置づけてみたい。

(4)「情」の俳句か「非情」の俳句か、ぼやける理由

「非情」の俳句に照明が当たりにくかったのは、カテゴリーもしくは「詠いぶり」の輪郭がぼんやりしていたからである。同一の句でも、深遠な人生の哲理や訓戒を表現していると鑑賞する人もいるし、単なる景と捉える人も存在し、鑑賞者の視点に左右されるからである。

芭蕉の句を例として挙げる。掲句は「現役俳人の投票による上位157作品」という副題のある『松尾芭蕉この一句』で人気31位、かなり高位の句である。


道のべの木槿は馬にくはれけり　　松尾芭蕉

句意は平明であり、またイメージも鮮明に湧いてくるので私も好きな句である。この本には投票者の鑑賞がついており、鑑賞の視点から現代の俳人が俳句に何を求めているのかをうかがい知ることができる。

大きく鑑賞のポイントは二つに分かれる。

一つはこの句をただの趣ある景と捉える見方である。「馬上で見とれていた木槿の白い花を馬がふいにむしゃむしゃと食べてしまったという、目の前の出来事が何の衒いもなく素直にそのまま表現されている。しかし読者には木槿の清浄な白い花がありありと印象的に浮かんでくる。作

者芭蕉も又、「くはれけり」とゆったり表現しながらその残像を見ているのである。それは実物よりもより鮮烈なのである。（大阪府・中村紅絲）」、印象的で、ありありと鮮明に景・イメージが浮かぶというのが評価の重要なポイントとなっている。これが「非情」の視点である。

それに対して俳句の裏に潜む作者の情念や思想を読み取って、それらに感銘を表する評もある。「『槿花一日の栄』とも喩えられる儚さを秘めた清麗典雅な花が、その「一日の栄」さえ全う出来ずに、あっけなく馬に喰われてしまう。そんな人生の不条理にも似た眼前の光景を直截な表現で言い切っている。芭蕉は終生絶えざる自己超克を強いられ、孤独、不安、絶望に付きまとわれた実存主義の俳人である。この作品は、「野ざらしを心に」歩いた『野ざらし紀行』を象徴し、彼の諦観を決定付ける一句となった。（大阪府・前田霧人）」、と述べられているように、景から人生の不条理まで、また作者芭蕉の生涯や思想までを読み取る鑑賞者もいる。これが「情」の視点である。

ここで論じたいことはどちらの視点・態度が優れているかということではない。両様の見方が存在しているという事実である。『松尾芭蕉この一句』の解説者は、総括して、うまく表現している。「馬が木槿の花を食べてしまったという単純な表現で、情景が鮮明に浮かんでくる。単なる写生の句としても評価が高い。無造作に食べられてしまった木槿の花に「世のはかなさ」を読み取る解釈もある。さらに「出る杭は打たれる」という訓戒が込められているという解釈もあるが……。」という解説である。

同じ句を鑑賞するにあたっても、読む人の視点・姿勢によって大きな差異が存在し、その差異は「俳句が美的イメージを第一義的に追求するものである」と考えるか、「思想を含む何らかの情念を求めるのが俳句の理念」として重視するかによって生じる差異である。

理念といっても多くはやはり、月にかかる雲や、花に吹く風を観て出家してしまう、という無常という情緒を中心とする文化を継承している理念である。それゆえの解釈が多いのはやむをえないが、現代俳句においても、何に無常を感じるかを競い合っているかのごとき鑑賞には、むしろしらけた気分にもなる。このような俳句に特徴的に強い影響を及ぼしている哲理には芭蕉で言えば「物我一如」、あるいは「実相観入」的理念があることはすでに述べた。「非情」の俳句が今後の「詠いぶり」として価値を持ってくるのは、それらの哲理的「情」に限界もしくは厭きを感じたからに他ならず、鑑賞の観点も今後は変化してくるはずだ。そうすれば「情」と「非情」の境界も、もう少し明確になるに違いない。

第2章　山本健吉の現代俳句鑑賞の意義と限界

(1) 再度、「非情」の俳句か、「情」の俳句か

「情」の俳句の輪郭がぼやけている理由は、いくつかある。特に「非情」の俳句が少しずつ興味の対象となっている現代、それを明確にする必要がある。

1. 作者が俳句の中に哲理、あるいは「文学的」な人生の表現を試みようとしたことが、現代俳句の方向に大きな流れを与えた。歴史的には桑原武夫の『第二芸術』に対する俳句側からの反発がよりその方向に拍車をかけた、というのは定説といってもよいだろう。

2. 作品を通じた作者と読者との双方の解釈の接点の上で俳句が成り立っているのは基本的な俳句の姿である。その際、特に読者は自分の「好み」に応じて解釈する。「非情」の俳句に対しても読者の好みがそこにない場合に、「非情」の俳句に「深い意味」を読み取ろうとする傾向が生じる。あるいは、解りやすい人生訓や共感しやすい日常の喜怒哀楽の表現を好む。

3. 鑑賞者としての評論家の影響は強大である。評論家の与えた鑑賞解釈は読者に影響を与えることは無論、作者にもその時代に詠うべき俳句の詠いぶりを示唆する。現代俳句の状況を見ると、俳句に「情」の世界、モノの本質を見抜くとか人間性を探求するとかいうことに重点を置くのは、評論家の影響が大きい。

(2) 山本健吉の『現代俳句』はかく解せり

現代俳人の作品から「非情」の俳句を鑑賞してみることでさらにその性格を明確にしていきたい。特に従来の鑑賞の方法と比較して、「非情」の俳句の輪郭のぼやけがどのようにしてできたかを明確にしていきたい。

従来の鑑賞の典型として山本健吉の『現代俳句』を選んだ。健吉は現代俳句の鑑賞法に決定的に大きな影響を与え、『現代俳句』はそのバイブル的存在である。文庫版『現代俳句』の初版は昭和三十九年に発行されており、私自身も角川書店の文庫版『現代俳句』(昭和四十六年改版再版)で現代俳句の面白さを知った。名著と言える。もともとは新書版『現代俳句』(昭和二十六年)があり、文庫版『現代俳句』、選書版『新版現代俳句』(平成二年)を経て、選書版『定本現代俳句』(平成十年)になっている。私事ではあるが、私の蔵書文庫版『現代俳句』は今では綴糸がばらけそうで紙は文字通りセピア色となっている。それゆえ宝物扱いで時々眺めるだけにして、実際には電子書籍の『定本現代俳句』（選書版）を使用している。理由は旧の『現代俳句』をモノとして大切に扱っているためだけではなく、文庫版『現代俳句』では載録されていない新しい作家として森澄雄・飯田龍太・細見綾子・相馬遷子・角川春樹の五作家の句が加わっているからである。また角川源義の句も定本では加わっている。（実際には新書版の上下巻が昭和二十六年と二十七年に、選書版『新版現代俳句』上下巻が平成二年に、同『定本現代俳句』が平成十年に発行されている）

私事閑話はともかく、健吉の『現代俳句』流が従来の鑑賞法の主流であることに多くの人は異存あるまい。

○加藤楸邨が目指した「非情」の俳句

加藤楸邨の句が目指した世界は「非情」の俳句の世界だった。いきなりそういうと多くの人は納得がいかないだろう。彼は「人間探求派」だから。

加藤楸邨は中村草田男、石田波郷と並び「人間探求派」として現代俳句に最も大きな影響力を与えた巨人の一人である。山本健吉は一九三九年に、雑誌「俳句研究」の彼らが出席した座談会で「貴方がたの試みは結局人間の探究といふことになりますね」と発言した。それに対し加藤楸邨が「四人（筆者注：四人の出席者の残りの一人は臼田亜浪の弟子篠原梵である）共通の傾向をいへば「俳句に於ける人間の探究」といふことになりませうか」と応えた。それが「人間探求派」という名称の由縁であることはよく知られている。「人間探求派」は俳句で自己の内面の追求を目指す、草田男流にいうと、俳句でも「芸以前」として「思想」の問題が存在すると考えざるをえない、という主張であるから、「人間探求派」は理念を重んじる「情」の俳句の典型的推進派ということになる。

山本健吉はその加藤楸邨を非常に高く評価していた。『定本現代俳句』には楸邨の句は40句掲載されている、高浜虚子は35句であるから評価の度合いも知れよう。

寒雷やびりりびりりと真夜の玻璃

掲句は、楸邨の創刊した結社誌「寒雷」の名称となっているいわば最重要な代表句である。処女句集『寒雷』に収録されている。「寒雷」という新鮮な言葉、「びりりびりり」という読み手にも振動が伝わるような適切なオノマトペ、「真夜の玻璃」と少しく古雅な言葉を使いながら巧みにびりりびりりというオノマトペに韻を通わせた、という技巧以外には平明なる句であり、その事実のみを平明に表したこと、顕わな理念や訓戒が表されていないところから、「非情」の俳句と呼んでも差し支えない。

楸邨が「寒雷」を創刊したのは昭和十五年（一九四〇年）、処女句集『寒雷』を刊行したのは昭和十四年である。人間探求派と宣言した時代である。その楸邨が創刊した俳誌と結社の名前に、この「非情」の俳句を選んだということは興味深い。特に、楸邨のその後の俳句世界の変遷を考えるときに私は非常に興味深く思うのである。

さて健吉は掲句をどのように鑑賞しているだろうか。

別に他言を要しない単純な句であるが、深夜の寒雷の感じを、神経に響くようなガラス窓の振動によって巧みに捕えている。この句の前後、昭和十三、四年ごろは、彼の作風の転期をなし、草田男・波郷らとともに、難解派あるいは人間探求派と言われた時代である。「鰯雲人に告ぐべきことならず」「外套の襟立てて世に容れられず」「海越ゆる一心セル（の）街は知らず」「蟇誰かものいへ声かぎり」「白地着てこの郷愁のどこよりぞ」「灯を消すやこころ崖なす月の前」などは問題となった句である。季語と主観的感懐との強引な衝撃がこれらの句の特色をなしている。和歌的・抒情的把握から出発した楸邨が、俳句固有の方法と目的とに目覚めての必死の苦闘がここに展開されている。和歌的なものが先天的にも後天的にも身にしみこんでいて一つの完成した世界を形成していただけに、この時代の楸邨の脱皮の苦しみは草田男・波郷の比ではなかったであろう。「俳句は物が言えないところから出発する」とは、彼のそのころの偽らざる告白であった。そしてこれらの句が概して不熟の作品であり、過渡期のもつ欠陥は誰の目にも明らかであったので、難解派に対する攻撃も楸邨の一身に集中した感があった。だがこのような過渡期も、楸邨の内的発展にとっては必然と言うべきであったのだ。少なくともこの時期に、彼が自己の内部への沈潜を深めているのは確かなことである。

少し長い引用をしたが、引用部の前にはこの句が句集『寒雷』の巻尾に据えられていること、「寒雷」という季語は楸邨によって一般化されたことと、楸邨が格別愛した季語であることを述べている。

ここで健吉は句の内容に関してほとんど述べていないことに注目したい。「別に他言を要しない単純な句であるが、深夜の寒雷の感じを、神経に響くようなガラス窓の振動によって巧みに捕えている。」がすべてである。この句を楸邨が格別愛していたという指摘をするわりには異常に少なくそっけない。その理由をうかがわせるのは「別に他言を要しない単純な句である」という一言だと推察する。健吉にとって、俳句が目指すべきは意味の世界、彼にとっては句そのものより俳句の背後にあると健吉が想像する「情」の世界こそ一義的に重要なのである。びりりびりりと神経に触れるような音からでは健吉の期待する精神世界を表現するにはふさわしくなかったのであろう。拙著『俳句表出論の試み』で示したように、健吉の鑑賞は、作者の背後にあると健吉が考える「情」の世界、人生観等々と句とをいわば強引に絡めていくという特質を有している。いや特質というより、健吉が完成させた俳句鑑賞の一つの型であり、それゆえ、現代俳句に大勢の人々をひきつけることができた。その功績は大きい。

現代においても健吉が完成させた鑑賞のこの傾向は広く一般的である。楸邨の初期作品では「鰯雲人に告ぐべきことならず」など如何にも訓戒じみた句は鑑賞する人は多いが、楸邨の格別愛した「寒雷やびりりびりりと真夜の玻璃」に対する鑑賞は意外に少ない。

楸邨は前進の人である。楸邨の行き着いたところは人間探求派でもなければ真実感合という芭蕉宋学の徒でもない。牽強付会的ではあるが、「非情」の俳句の徒というのが楸邨の到達点である。私はそのことを中期以降、特に後期の作品の中に感じるのである。

ここでは次の有名な数句を挙げる。

貝の口いつせいに閉づ氷柱落ち　『吹越』（昭和45年作）
みちのくの月夜の鰻あそびをり　『吹越』（昭和48年作）
吹越に大きな耳の兎かな　『吹越』（昭和50年作）
ふくろふに真紅の手毬つかれをり　『怒濤』（昭和59年作）
天の川わたるお多福豆一列　『怒濤』（昭和59年作）
火事ありし夜明の鋪道亀あるく　『雪起し』（昭和54～58年頃作）

これらの句の多くは、いわゆる難解な句、あるいは「無内容」な句として物議や論争を巻き起こしている。だが、いずれもイメージが鮮明で、作者の理念、思念や情念が顕わではない「非情」の俳句なのである。これらの一群の句は「意味を排した」あるいは「無内容」という名称ではなく「非情」という名称が必要な理由でもある。

無論というか、予想通りというか、今までの鑑賞の常套手段を用い、句を楸邨の人生と絡めて鑑賞する向きは多い。例えば「ふくろふに真紅の手毬つかれをり」では手毬を心臓と思ったり、毬を楸邨自身と解したり、夭折した娘への思いと理解したり様々である。これに比し大岡信氏の

〈ふくろふが毬を突いている情景として無条件に承認〉する立場はイメージを重視するという立場からは清々しい。

さて、これら「非情」の俳句のカテゴリー内と私が分類している新しい一群の句に対して、健吉の理解はどうであったのか。実はほとんど表立つ発言がなくなっている。神田ひろみ氏は力作『まぼろしの楸邨――加藤楸邨研究』で85編の楸邨の俳句に対する評論をレビューしているが、その中にも見出せなかった。わずかに昭和五十六年の『加藤楸邨全集（第一巻）』の解説の中で、健吉は楸邨の近詠に関し「おおらかなユーモア」と「俳世界的ひろがり」を認めた叙述があるにとどまる。この年は『怒濤』や『雪起し』は世に出ていないが、『吹越』は上梓されているので目に留まっているはずだ。すでに健吉は自分の世界の外に楸邨はいってしまったと感じたのだろうか。健吉は「情」の世界にとどまり、楸邨は「情」の世界の辺境「非情」の世界に歩みを進めたのである。

○森澄雄の「非情」の俳句

門の前雪橇を置き寒河江姓　　森　澄雄

この句は森澄雄の中ではそれほど特徴的ではないが、「非情」の俳句のカテゴリーに属している句と考える。山本健吉も評の中でいうように、ほとんど無内容な句であるから。健吉の鑑賞を

『定本現代俳句』から引用する。

最上川流域を旅して、古い由緒ありげな寒河江の地名に、作者は興を覚えたが、門前に雪橇を置いた一軒の家があり、表札か何かでその家は寒河江姓であると知ったのである。前に挙げた鶴溜駅の句と同じく、全く地名に興を発した作品で、それ以外ではない。極言すれば、その「無内容」によって立っている句で、読者はその空気のような器によって、どんな感情でもしぼり出すことが出来るのだ。「下天のうちを較ぶれば、夢まぼろしの如くなり」とでもいう外はない、一種の人生感慨である。氏の作品の中で、こういう句を私はこよなく好む。

「「無内容」によって立っている句で、読者はその空気のような器によって、どんな感情でもしぼり出すことが出来る」、それこそ「非情」の俳句の特徴であるが、健吉の言及はそこで止まる。最初の『現代俳句』が出版されてから、かなりの年月が過ぎている。当然新しい俳句界の波をどう評価すべきかが、課題となる。森澄雄・飯田龍太・細見綾子・相馬遷子・角川春樹の五人を選出したのはそれなりの健吉の考えがあったのであろう。人の立場で選択の基準は変わるが、森澄雄・飯田龍太に関しては異論をはさむ人は少ないであろう。健吉はこの五人を採り上げることで、かつて草田男・波郷・楸邨を人間探求派として現代俳句の潮流の中に大きなベクトルの存在を示したように、今後の俳句の行くべき道を示し得たであろうか。

○森澄雄の戦争体験の昇華と山本健吉

戦争時代に青春期を送った森澄雄を山本健吉はこう記す。「学徒出陣などと叫ばれて、青年たちは誰ひとり生きて帰還することを期さなかった時代だった。その暗澹とした絶望感を、心に玉と抱いて来た俳句によって、如何にして徐々に「明」の世界に転換して行ったか、それが澄雄氏の進んで来た、遙かな「一本の道」と言ってもよかった。」、これが澄雄をみる健吉の通奏低音である。だが、「明」の世界への転換は実世界では戦後世界からの脱却以外の何ものでもなかった。澄雄自身は彼の第一句集『雪櫟』のあとがきで次のように述べる。

これは貧しい生活の記録だ。この間俳壇では俳句に於ける社会性、或ひは近代性についてやかましい論議が行はれたが、僕はそれらを一応黙殺して自らの生活に執した。僕の腹の虫がそれらの論議を容易と見たこともあるが、何よりも生活に余裕がなかつたからであらう。僕はこの態度を必ずしも正常だと思つてはゐない。僕らの青春が通つてきたあの〝暗い谷間〟も、またみじめな庶民の生活も、これからの世代にあつてはならぬことだけは確かなことだ。僕は僕の創作態度に多少の変革を与へて、新しく踏み出さうと思ふ。

もし、森澄雄の業績を位置づけるならば、俳句者の戦後からの精神的脱却の軌跡を示したことではないか。戦争体験の昇華といってもよい。森澄雄は加藤楸邨を師とする。もし師系というのが、師の俳句理念を受け継ぎ発展させるべき、であれば、森澄雄はそれをどう受け継いだか、健吉はそれを流れの中に位置づけるべきである。

森澄雄は楸邨と異なり、「非情」の俳句を目指したとは思えない。もちろんそのカテゴリーに属する俳句はいくつも作っているが。山本健吉は澄雄と龍太を比較して次のように述べる。「この土着性が、氏の句の中央に一本通って、脊骨のおっ立った堅固な句柄を作り出しているのが、私には見える。これは何時も対照して論じられることの多い森澄雄氏の作風と、一番大きな違いである。澄雄氏にはむしろ、心の構えをうち崩して、諧謔に興じ入ることが多い。虚実という点から言えば、澄雄氏は虚に傾き、龍太氏には実に傾く度合いが強い。どちらがいいというのではない。ふと気づいて、何れも面白しとする」。

ここで不思議に思うことがある。健吉は澄雄がたどった「明」の世界への転換という一本道の行き着くところ、あるいは行き着いたところをどう評価したのだろうか。それと土着性の背骨が一本通っていることとどう関連するのだろうか。上述した澄雄自身の著述が語るように、澄雄の「明」の世界への転換は実生活の復興による変化と重なるはずである。それを説明するのが誠実な評論である。かつ大きな流れは一人の作家の作風だけで形成されていくことは少ない。上述の健吉の発言では、期待した龍太と澄雄が形成すべき新しい大きな流れを指差してみせるというよりは、二人の違いを述べることしかできなかった。

三橋敏雄もこの二人に新しい風を期待する観点で比較している。龍太の句の土着精神、澄雄の句の漂泊感と評している。

しかしこの時期の「新しい風」の指摘が、山本健吉がかつて指摘した俳句の流れのようにインパクトを与えたかは、はなはだ疑問である。これは、健吉や敏雄のせいではなく潮流が生じるには時期尚早だったのかもしれぬ。つまり本質的には、森澄雄は戦後の荒廃した郷土の復興期から現代に至るまでを吹き抜けた薫り高い風であったが未来に吹き抜けていく風ではなかった。健吉のバイブルも未来への風の方向を指し示す力はもはや龍太・澄雄の時代から有効性を失っていたと言わざるをえない。

○バイブル『現代俳句』の功績と限界

山本健吉は「純粋俳句」（『山本健吉全集』第八巻）で「俳句の本質は象徴詩でなく寓意詩であるというのが、私の結論であります。すべての卓れた俳句作品は、たとえ表面においてあらわでなくとも、何か寓意的なものへ近附こうとする傾向を持っています」、と主張する。ここにこそ、今までの健吉の優れた功績と限界の原因が見事に言い表されている。健吉にとっては寓意のない作品の登場は理解できなかったのである。寓意のない美の世界「非情」の俳句を、結局健吉は理解できなかったのである。

第3章　「非情」の俳句に関する一般的認識

(1) ユニークな特集記事――「非情」の俳句を現代俳人は如何に認識しているか

「意味を排した」とか「無意味な俳句」という名称はすでにある程度流布している。だが各名称の中身は非常に曖昧である。「WEP俳句通信」35号で企画された「〈俳句作品から意味性を排除すること〉について」という特集の各論者の評論を比較するとそれを痛感する。そこで、その特集を材料に「中身」の曖昧さについて考察する。そのことは新たに「非情」の俳句という名称を提唱している理由にもつながる。

上記特集記事の編集者は以下のように述べている。

俳句作品にことさら意味を盛り込まずに、むしろ作品から意味性を排除しよう、という意見がしばしば述べられます。〈コト俳句〉ではなく、モノの手触わり感あるいは直接性を持つ〈モノ俳句〉を、という意見とそれは軌を一にしているとも考えられますが、〈作品からの意味性の排除〉ということをどう理解されているか。21人の俳人にお書きいただきました。

実にユニークな問いかけである。しかも、意味性の排除された俳句の存在の意義を問うていることに加え、この企画の主眼は「意味性の排除された俳句」ということ自体は俳人に「どう理解されているか」という問なのである。さらに、「〈コト俳句〉ではなく、モノの手触り感あるいは直接性を持つ〈モノ俳句〉を」と述べることで、十分な市民権を得ていない「意味性の排除された俳句」という言葉に対して一種の道標まで用意している。このことはとりもなおさず、「意味性の排除された俳句」という一群の俳句に対する認知度の低さを反映していると思われる。同時に論考がモノコト論に内容が特化される可能性を与えた。

（2）各人各様の認識と問題意識

特集記事は二十一人の現役俳人がそれぞれ一ページを使用して課題について意見を述べている。その中から特徴的な数篇を紹介する。

○深谷雄大氏の認識（最多の意見）

深谷雄大氏は意味を除外することを方法論として捉え、「言外に意味を引くこそ志すべき」と主張する。当然というべきかもしれないが、深谷氏は「意味のない」という言葉にこだわる。氏の論述を引用すると「意味のない俳句は無意味ということになり、文字通り意味がない。設問は、それを見越して、意味ではなく意味性と言っているのであろう。「俳句もの説」も引き合いに出されているから、設問は多分にこの「もの説」の「説明をしない沈黙の文学」という説に近いところに視点を置いているのであろう。」と述べている。つまり、深谷氏の主たる関心は、「意味を排する」というのは沈黙で意味を語る技法としてのモノ説の評価になってしまった。それで結論は「それは「俳句もの説」と通底するところがあるが、究極のところ、表現の対象は「物」だけではない。我が師・石原八束は、《安定した「もの」の支点がありさえすれば、自由に「こと」の世界、即ち物語の世界や思考や観念の、つまり内心の世界に発展し飛翔することが望ましい。それが詩歌というものだ》と言っている。俳句はその短さからいって、言外に意味を引くこそ志すべきである、と私は考えている。」となる。言外に意味を引くこと、すなわち「俳句もの説」の考え方であり俳句の意味性云々は考察対象外となっている。

私は、深谷氏の論考の例を見ても、意味性の排除とか無意味な内容という表現をとることは、むしろ問題点の在りかを誤解させるので好ましくないと考える理由の一つとしている。無論言語は意味の世界を背後に有するものであるという言語表出の原理に基づいていることが最大の理由なのではあるが。

○福井貞子氏の認識（意味性の擁護）

「あくまで季語を」という題名の論述で、福井貞子氏は「俳句作品からの意味性の排除という事については、やはり意味性は大事にしたい。」という結論を下し、「俳句もの説」は余韻や余情を生むための手法であるという認識を示す。深谷雄大氏や福井貞子氏と類似の結論は多い。一口にまとめると「意味性を排除する」ということが、モノ説の角度を変えた表現であり、それは余韻余情を生むためであるという認識に基づく論者が多いということである。このことは、俳句の「意味性を排除する」という内容は、意味の有無そのものの是非ではなく、意味の表現方法としてのモノコト論的な面で理解されている。それが多くの論者の現状であることを示している。

○岩淵喜代子氏の認識（意味性排除の評価）

意味性の排除を作品の価値から論じたのは岩淵喜代子氏の「透明感のあることこそ」である。岩淵氏の論考は誓子の木枯の句の「帰るところなし」を例に引き「意味性とは、心象を言語に託すことでもある」と正鵠を射ている。岩淵氏は結論として「はじめに戻るが、「俳句作品から意味性を排除すること」とは、作品表現に孤我（個我？：筆者）を乗せないことと認識している。一瞬の風景を切り取ることこそが十七文字しかない俳句なのである。もう一度、俳句の形を思い出すこと、俳句の形を追求することが、いま一番必要なのかもしれない。」と、述べている。後述するが、当然「客観写生」は「非情」の俳句の基本的技法の一つであり、それゆえ岩淵氏の結論は納得感がある。ただ、「非情」の俳句の基本的手法は一つではない。理念・情念を排除するという詠いぶり、岩淵氏流にいうと個我を乗せないこと以外にも手法が存在している。後述するが、シンタックスのねじれという詩歌一般としては既知の手法もある。

意味そのものへ鋭く切り込んでいて、興味深く読んだのは鳥居三朗氏と中山世一氏の論考である。また林桂氏の論述「俳句と意味性の排除」は問題点の所在を最も的確に指摘している。

○鳥居三朗氏の認識（「非情」の俳句の安らぎ）

鳥居三朗氏は「意味を言わなければ済まない場合もあるが」という題名の論述で意味の重要性を述べつつ、「朝ざくらみどり児に言ふさようなら　中村草田男」を引用して次のように述べる。「この句には、意味性より、あふれてくる感情が素直に表されているように思います。その感情は、読むものに、安らぎを覚えさせてくれるところがあり、共感を覚えます。と、いうことは、この句から、「表現のねらい」はこうなんだと迫るものがない。それだけに、何度も読んでみたくなります。」、つまり「表現のねらい」が「情」の一種であるとすれば、その「情」がない句の方に安らぎや共感を覚えることがある、ということで、そのこと自体はときおり耳にする主張である。加えて「柊の花一本の香りかな　高野素十」を引用して同様な「意味も何もない句のよさ」を述べる。「この句には、「柊の花の香り」があるだけで、他には、何もありません。けれども、この「柊の花」の小さな世界から、無限に広い世界がみえてくるように思われます。これが俳句だなと、自分には思えました。そのうちに、「意味も何もない句」を詠みたくなってきます。詠みたくなるのはいいのですが、これがなかなか難しい。難しいからこれまでずっと俳句をやってきているといえます。」、つまり鳥居氏の評は「非情」の俳句（意味のない句）の存在理由を述べているのである。

○中山世一氏の認識（「非情」の俳句における作者と読者）

中山世一氏は意味の世界における作者と読者の関係に触れる。実はこのことが現実問題として俳句の意味性、あるいは「非情」の俳句を論じるに際し最も重要なポイントを示唆しているとも言える。「非情」の俳句も条件によっては特定の「情」の俳句に強引にねじ曲げ解釈される可能性があるからである。中山世一氏は「桐の木の向う桐の木昼寝村　波多野爽波」を引用して意味がないようにしか見えないが作者が込めた意味を察するのが読者であることを述べ、ついで「白牡丹といふといへども紅ほのか　高浜虚子」を引用して作者虚子は「分からない奴には分からなくてもいいや」とふてぶてしい態度をとっているとして、両者に共通しているのは「読者に「察してくれ」ということである」と説明する。その後で「俳句では一句の中で言葉や意味を削ったとしても残る言葉には大いに（言外の意味を含み）意味が込められていることが多い。意味を消し去るということも結局は読者の技量と作者の技量にかかっている。」と、結論する。この論述は意味を排する句、「非情」の俳句を論じる際に、避けて通れない、言語を介した読者と作者の関係に注意を向けてくれる。

○林桂氏の認識（意味性の排除と美）

林桂氏の「俳句と意味性の排除」は提起されている課題に結論を述べた論述ではないが、より問題を明確に、かつ的を外さずに示しているところに最も納得すべきものがある。少々長いが林氏がどのように課題を把握したか、その部分を引用する。

言葉にとって意味とは、音韻とともにその中心をなすものであるから、言葉から意味性を排除しようとすること自体大きな矛盾である。それにもかかわらず、折々その願望を口にする俳人は多い。もちろん、言語的秩序を持たない「音」にまで解体したいという願いを言っているのではない。むしろ、定型詩である俳句の美をより極めたいという願いを、このような言葉で語っているのである。これは言語的秩序のみならず、俳句の詩的秩序の中での願いであるから、誰も辿りつけない究極の願望に違いない。だから、厳密に言えば、意味性を排除したいのではなく、詩の美の実現を妨げる特定の意味機能を削除または排除したいというのであろう。そして「特定の意味」というのは、俳人にとって一定ではないだろう。共通するのは、より高度な俳句的表現の実現のための有効な方途ではないかという夢想であろう。

特に「厳密に言えば、意味性を排除したいのではなく、詩の美の実現を妨げる特定の意味機能を削除または排除したいというのであろう。」という記述は、まったく正しい課題に対する指摘である。

次にその主張を詳細に見てみよう。最初に言葉にとって意味は音韻とともに中心をなすから「言葉から意味性を排除しようとすること自体大きな矛盾である。」としながら、それを口にする俳人がいるのは「厳密に言えば、意味性を排除したいのではなく、詩の美の実現を妨げる特定の意味機能を削除または排除したいというのであろう。」と解釈する。ただ「特定の意味」というのは俳人によって異なるだろうが、共通しているモノは「より高度な俳句的表現の実現のための有効な方途ではないかという夢想であろう。」と評する。夢想であるかは別として、状況の判断は正しい。それを達成するためには一つは加藤郁乎や攝津幸彦等の前衛的な「世俗的意味の排除」、「俳句的なコードをも排除」という方法があるが「もちろん、意味性の排除というのは前衛的な手法のみの問題ではないだろう。多く日常生活をベースに私性や個我の表現へ向けて突き進んできた近・現代の俳句の潮流に反して、私性や個我の意味性を排除したいという考えがあっても不思議ではない。」として、後期の加藤郁乎や高浜虚子の花鳥諷詠の理念を挙げ、「高浜虚子の「花鳥諷詠」という俳句理念も、明確な排除の意識を持って語られていることこそ大切な要素なのかもしれないと思う。」として、「俳句表現の意味性の排除の問題として考えることが可能」と提案している。

（3）特集を概括して言えること

「意味性の排除」を伝統的モノコト論や余情論で捉える論者が多い。だが意味と美の関係を「新しい詠いぶり」という視点で捉える論者もまだ少数ではあるが存在する。

第4章　「非情」の俳句を考える

（1）「非情」の俳句のおよその顔ぶれ

○定義のなかった「非情」の俳句

如何なる俳句が、「非情」の俳句なのか、カテゴリーとして、その定義もしくは性格を示すことが重要である。存在価値があるか否か、美しいのであれば、何故かを論じるのはそのあとで十分である。なぜなら俳句の世界で「非情」の俳句はもともと存在していたものであり、その存在を多くの人はあらわに捉えていなかったに過ぎないのだから。さりとはいえ、「非情」の俳句という「情」の俳句の残渣の部分的定義では、いつまでも確固たる市民権は得られないであろう。試みにでも「非情」の俳句の輪郭を明らかにしておきたい。

○「非情」の俳句と呼ばれるべき一群の俳句の分類の試み

ア、客観写生と呼ばれる句は概ね「非情」の俳句である。軽みというカテゴリーは、山本健吉の「軽み論」をはじめ検討課題が多い。現段階では、個人的には、理念や寓意は「おもくれ」であり、「軽み」がそれを排する平明さ、という意味で「軽み」の句は「非情」の俳句と重なる部分が多いと考えられる。

イ、ヌーボーの句は、カテゴリーとしては、ぼやけているが、「非情」の俳句の中に入ると考える。

ウ、「ただごと」というカテゴリーは日本の詩歌では古くから存在しているが、概念の変遷等もある。現在「ただごと」の俳句といわれるカテゴリーは不明瞭で、実例で整理する必要がある。多くは「非情」の俳句の中に入る。

エ、今後「非情」の俳句として論じるべき「詠いぶり」にシンタックスのねじれがある。シンタックスのねじれ（意味のねじれ、主語のねじれ、等々）は、詩歌では基本的な技法である。俳句においては意識的に使われることは少ない。しかし俳句の新しい技法、あるいは「詠いぶり」としてシンタックスのねじれは、日常的な意味の排除を目的とする技法として有効なはずである。

オ、一口で言えば、作者の理念・思念を表現することを目的としない句、像の美しさのみを追求する句、それが「非情」の俳句のカテゴリーに属する句である。

（2）「非情」の俳句：意味的側面の特徴

意味が単純で「ただごと」と呼ばれる句や、句意が曖昧で捉えにくい句の中に美しいイメージを有する句が存在する。これらの特徴を有する句には「非情」の俳句として重要なものが多い。「非情」の俳句には、名句かどうか評価が分かれてきた句が多数含まれていることをすでに指摘してきた。ここでは、今まで論じてこられなかった句を中心に扱う。対象句は現代作家の蛇笏賞受賞句集を中心にして選んだ。従来、ただごと俳句、無意味な俳句、あるいは難解として敬遠されてきた俳句が、実は「情」を排除するという新しい美の追求方法を試みていた。そのことを理解してほしい。

①「単純性」

黒猫がぶちの子くはへ走りたり　沢木欣一『白鳥』平成八年蛇笏賞

句意は平明かつ単純である。そして「イメージ」の核となる景は非常にクリアである。猫の毛色を黒、ぶちと表現していること、また「くはへ走りたり」というどこかでは見かけたかもしれぬが、非日常的な光景を表現しているところにリアリティがある。しかもこのイメージは一体何事が起こりつつあるのか、という興味を読み手に喚起させることができる。「非情」の俳句の視座から指摘したいことは、この句にはなんら寓意、哲理が表出されているわけではないし、また作者の句材に対する感情が顕わに表出されているわけでもないこと、しかもイメージは鮮明・リアルでありかつ発展性があることである。まさに句意が単純な「非情」の俳句なのである。

梵鐘を花野におろす男たち　福田甲子雄『草虱』平成十六年蛇笏賞

表出された景は単純であり、イメージも鮮明・リアルで美しいが、作者の伝えたい内容が解りにくい句も「非情」の俳句といってよい。梵鐘を花野におろすというのは非日常的景で、かつ詩的想像力をかきたてるところもある。しかも、この句はそのような行動をおこなっている「男たち」の群像的イメージに焦点があてられており、梵鐘をおろすというコトの意味づけではなく「男たち」というモノのイメージの美に読者の意識が向かうように表出されている。

夕方の水に落ちたる蝗かな　岸本尚毅『鶏頭』昭和六十一年

岸本尚毅氏は「無意味な世界を描く」ことを「俳句の特権」として主張する俳人の一人である。この「特権」という言葉を私流に解釈すれば、短詩型である俳句でこそ可能となった一種の美の世界ということであろう。無論俳句ならではの世界としては、伝統的な美の世界、季語の本意の世界も存在する。だが、それらは規範としての意味を持つがゆえに意味の世界に属し「想出」するべき美の世界であると言える。たわいのない世界で読者の心を動かすにはやはり、従来にはない、何らかの予想せざる「意味」が必要である。無意味の世界を、単に無意味に終わらせないための表現法の一つに、読者が作品に対したときの期待・予想をくつがえすことも有効だ。この句に表現されているのは自然界ではただごとにしかすぎぬ「蝗が夕方に水に落ちた」というコトだけである。読者によってはどうでもいい些細なできごとである。しかし読者が、蝗が水に落ちたというコトを、「夕方の水に落ちたる蝗かな」というモノで表現されていることに気がついたとき、一体どんな蝗なのかと、にわかに脳の中にあれこれとイメージが「創出」されるのではないか。元来、俳句として表現されることを予想していないコトである。しかも、それをモノとして表現したことで、蝗は読者の脳を活性化してクオリアを発生させるのだ。予想を裏切ることは注目を集める常套手段だ。蝗もまさか水に落ちるとは思っていなかっただろう。予定調和的美を排して生まれる美であるとも言える。

②「曖昧性（ambiguity）」

「曖昧性」は詩歌における重要な「意味に関する技法」である。ここでいう「曖昧性」とは、ある一つの表現に対して読んだ人の反応が何通りも生じる余地があれば、そういう表現の持つニュアンスのことである。技法的に「曖昧性」を用いた句は、作者の理念や思念などの「情」を顕わに表出していないので「非情」の俳句とする。正確性を重んじる実用的言語の世界では曖昧性は極力回避すべきものである。逆に詩歌では「曖昧性」は次々と豊かにイメージが生じるための文体のニュアンスであり、主要な技法であると言える。「曖昧性」という、いわば「人聞きの悪い言葉」を用いず他の言葉を選択すれば、という考えがありうる。例えば類似の概念である多義性を好んで用いる人もいる、しかし両者は異なる。多義性は掛詞がそうであるように作者側の意によるべきものだが、「曖昧性」はむしろ読者のイメージ力に依存することが大きいこと、かつ、すでに詩歌の技法として曖昧という言葉が使われている（注：エンプソン『曖昧の七つの型』）のであえて「曖昧性」を用いる。「曖昧性」と「　」をつけたのは、イメージをリアルに描くことのできないような「不明瞭さを示す曖昧さ」と区別するためである。後述するが「曖昧性」のある表現にこそ読んだ人が美を強く意識することができることを日本でも教鞭をとったことのある英国のニュー・クリティシズムの批評家W・エンプソンが主張し、その考えは文芸一般では普及している。俳句文体の論考にも適用すべきである。もともと俳句という短詩型では「言ひおほせて何かある」という芭蕉の言葉に代表されるように、言語として顕わに表出してしまわないところに、読者のイメージを中心とする想像力が働く余地が存在することをもってよしとする。これも「曖昧性」の効果である。「省略」の手法を中心とする「余情」の効果もそれと言える。

現代の句で例示する。次のよく似た二句を「曖昧性」という観点で比較してみよう。

（a）うしろ手に閉めし障子の内と外　中村苑子『吟遊』平成六年蛇笏賞

（b）うしろ手に閉めし襖の山河かな　鷹羽狩行『十五峯』平成二十年蛇笏賞

まず、二句に共通な「うしろ手に閉める」という動作であるが、これは考えようによっては微妙な動作である。部屋を急ぎ出てきた女がドアや戸を後ろ手で閉めこらえていた涙をこぼす、というシーンがイメージできそうだ。心理的に人がなにかしらを、断ちきるときのポーズとも言える。一般的に日本の行儀作法では後ろ手に障子や襖を閉めるのを戒める。できるだけ相手の人に心を向けたままであるということを身体で表現するためであろう。

（a）の句を詳しく吟味してみよう。障子を閉めて内と外を隔てたというのが句意であるが、内と外という言葉には「曖昧性」がある。即物的にいうと、障子で隔てるのは、多くは部屋と廊下あるいは庭などの屋外ということになろう。言語で表現しているのは、単なる空間の仕切りをつくったコトだけであるが、それによって仕切られた内と外には、空間以外にも部屋の中と外との雰囲気ともイメージできる。後ろ手に閉めたというから、作者は廊下に出て目の前に広がる庭の景、あるいは眼前に広がる山や川などの豊かな自然の景を見たやもしれぬ。いずれでも作者は後ろ手に閉めることで部屋の中に存在する人たちと今まで共有していた雰囲気と違う雰囲気の中に入り込んだのである。あるいはもっと単純に内と外との気温の差を感じただけかもしれないし、香りや音の相異にその時気がついたのかもしれない。これは「曖昧性」と呼ぶことができる。もちろんイメージが豊かに湧いてくる類の曖昧性である。

次に（b）の句である。この句では後ろ手に閉じたのは襖である。句意は後ろ手に襖を閉めたらそこに山河図が描かれていた。あるいは中七の「の」を軽い切れと考えて「山河かな」という眼前の景に対する詠嘆ととることも不可能ではない。襖が隔てる空間は多くは部屋と部屋だと思われる。しかしこの句では閉めたことによって作者が意識の対象として表出してみせたのは山河である。この山河という言葉には「曖昧性」がある。この言葉によって生じる読者のイメージは作者が見たと思われる今閉じたばかりの襖絵としての山河でもあるし、あるいは後ろ手ということで次の間に描かれた山河かもしれぬ。実際に山河の絵がなくても作者の心中に生じる山河という、いわばクオリアに近いモノかもしれぬ。これらのイメージはどれか単一というのではない、次から次へと生じていく美しさがある。これは屋内の景であるにもかかわらず、日本人の心の中では、襖で閉じただけでは断ち切れない自然と自分の棲み存在する空間は渾然一体としたモノとして存在する、そういうことを高次なクオリアとして意識することも可能である。

この二句は「うしろ手に閉めし」というコトは同じである。後ろ手に閉めたのが障子と襖であることよりも、一方は「(障子の)内と外」と空間の広さを限定したことで、より人間臭いイメージとなり、一方は「山河かな」という下五によって、より高次なクオリアを創出するイメージが生じた。

いずれも、曖昧性という読者のイメージ力に依存することで生じる俳句的美の表出である。

(3)「非情」の俳句:文体的手法の特徴
――特にシンタックスのねじれ・「継接法」

①写生法

「非情」の俳句には文体的手法がいくつかあるが、歴史的観点からみれば、写生法が重要である。しかし俳句においては「写生」という用語は客観・主観という意味的概念とアマルガム的に合金を作ってしまっているので、意味的・文体的と分離して論じるにはそれなりに労力を要する。しかも考察しても、あまり目新しいものが生まれてくる可能性は少ない。ここでは新しい「非情」の俳句文体の捉え方として、「シンタックスのねじれ法」あるいは「継接法」を論じたい。この二つは俳句で今まで論じられたことはない。「シンタックスのねじれ法」は文字通り、文のシンタックスにねじれやずれがある文体構造を故意に用いる方法をいい、「継接法」は造語であるが継ぎ接ぎ、つまりパッチワーク的構造の俳句文体を呼ぶものと考えてほしい。

②シンタックスのねじれ

シンタックスのねじれ・ずれに関して、俳句以外のジャンルを含めて後述するが、ここでは「非情」の俳句の範疇に入るいくつかの例を示す。

今度こそ筒鳥を聞きとめし貌　　飯島晴子『儚々』平成九年蛇笏賞

筒鳥が慥かに鳴いたような気がした。よし次こそしっかり確認と耳をこらす。するとほどなく例の鳴声が、はっきりと聞こえ、思わずしたり顔をする。その人の貌に作者は感銘したのかもしれないし、もしくは作者自身が、その時の自分の貌を想像して興を得たのかもしれない。

シンタックスにねじれ・ずれがある句は、散文のように文意がまっすぐに通っていない。掲句では「今度こそ」というのは筒鳥の声を聴こうとしている人の意思もしくは願望の表現である。中七＋下五になって、作者は筒鳥を聴こうとしている主体（自分かもしれないし他人かもしれない）から離れて、聴こうと身構えている人の貌をイメージし、さらにそれが聴きとめた貌になるという時間的経過すら俳句文体に表出しおおせている。そのためには主語や時制はねじれ・ずれが生じることとすらあえてするのが詩歌の文体である。


ここまで生きて風呂場で春の蚊を摑む　　金子兜太　『東国抄』平成十四年蛇笏賞

「ここまで生きて」の主語を二通り解釈することができる。作者と思われる人もしくは春の蚊である。前者では「ここまで生きてきた自分の人生をしみじみ懐古する」といういわば少しく真面目な言葉を表出し、しかしそれが風呂に入りながらの懐古であり、湯舟の顔近く飛んできた春の蚊をやっとばかり摑んでみせ、日常性を表出してみせる。そこにたわいのなさ、人間らしい面白さを感じるし、一種のシンタックスのねじれがある。

後者の解釈では、「ここまで生きて」は「春の蚊」という言葉に感応する。「春の蚊」は冬越しをしてやっとここまで生きおおせた、というクオリアをまとった季語であるからだが、風呂場で殺された源頼家を思い起こすことすらありうる。滑稽さとみるだけでなく、この世の摂理まで思い起こすということになれば「情」の俳句の領域にもまたがる句ともなる。もともと春の蚊とはもののあわれというクオリアがまつわっている季語である。

いずれの解釈をとろうと、この句にはシンタックスのねじれがある。たわいなさに、文意のずれ・シンタックスのねじれを持ち込むことによって、句意を発展させることに成功している。

たわいなさをシンタックスのねじれで興味深いモノとして高次のクオリアを生じるイメージに変じるのが「非情」の技法である。

③「継接（パッチワーク）法」

俳句は基本的には一句一章、二句一章という言葉があるように単文的、あるいは二つの文である重文で構成される。「取合」的重文の構造はすでに多くの研究がなされているように季語が一句の中核をなし、もう一句は季語季題に触発された作者の思念が述べられる。いわば二つの句の主従関係を重視する。あるいはモンタージュ理論・二物衝撃と呼ばれる理論では必ずしも二句の主従関係は必要なく、二つの句の「取合」より生み出された意味の世界が重要であり、その意味では「情」の俳句の文体と言える。

ここで新たに提唱する「継接（パッチワーク）法」は二つの句の間に主従関係は必要としない。また「取合」で何らかの融合したあるいは止揚した意味の発生を望むモノではない。あくまでパッチワークが一枚のモチーフにない新たな美を生み出すように美の「イメージ」を第一義的に期待する方法である。例を挙げる。

夜は雨といふ草餅の草のいろ　岡本　眸　『午後の椅子』平成十九年蛇笏賞

「夜は雨といふ」は一つのモチーフである。そして「草餅の草のいろ」もモチーフである。この句においては、季語の本意を絶対的には扱っていない。つまり「草餅」を愛でる趣を表出するのが、第一義的な目的ではない。もう一つのモチーフである「夜は雨といふ」と呟きにも似た作者の脳裏をかすめた言葉にはその場の空気を感じさせるリアリティがある。呟きと「草餅の草のいろ」という美しいモノのイメージ、この二つのモチーフが継接的に組み合わさることで、別に新たな思念を呼び出すのが目的ではない。生まれているのは新たな美である。例えば、深刻に雨の予想を憂えているのではない美しい女性の姿と草餅の草のいろが鮮やかに読者の脳裏の中でイメージとして交錯すればよい。それが作者のねらいであり、どのようなイメージを描くのかは読者次第である。

あめんぼと雨とあめんぼと雨と　藤田湘子　『神楽』平成十一年

藤田湘子は蛇笏賞を受賞していない。この句は以前評したことがあるが、典型的な継接法文体の句であるのでまた採り上げた。「あめんぼと雨と」という同じモチーフが継接、あるいは「あめんぼと」「雨と」という二つのモチーフが市松模様的に配されているといってもよい。この句の継接法は同一のモチーフの繰り返しが無限に広がっていく効果も有している。読者はリアルにあるいは絵本の挿絵のように脳裏に浮かぶ、あめんぼと雨の波紋のイメージの繰り返しの美しさ、そして大きな広がりとパッチワーク全体に広がっていく波紋すら感じてしまう。

海に雨ニセアカシアの花に雨　　大崎紀夫『虻の昼』平成二十八年

大崎紀夫氏はつねづね俳句の意味性の排除を主張している俳人である。つまり「情」を排した「非情」の俳句が今後の俳句の方向と考えている一人といってもよいだろう。

掲句は上五とそれ以下の二つの句に分かれ、従来の観点では二句一章の句であるが、やはり、「海に雨」と「ニセアカシアの花に雨」という二つのモチーフによる継接法といってよい。つまり二つのモチーフに主従関係はない。この句は意味を重視する読者にとっては読み過ごしてしまう可能性が大きい。海の雨をながめている人が視線を移すと土手あるいは砂防にニセアカシアの白い花が眼に映った。ただそれだけの意味のないただごとの句とみえてしまう。だが、海に小糠のような雨が降っている暗い景と樹高の高い木に白い花が房のように咲き雨にけぶっている景とをかわるがわる脳裏に巡らしてみるとよい。一つのモチーフだけではみえなかったコントラストの美が生じる。またニセアカシアという面白みのある名前も気に入るはずだ。

菜の花の黄色はなべて緑なる　　岸本尚毅「人間に」（「WEP俳句通信」92号）

岸本尚毅氏は無意味な世界を描く俳句の存在を主張する一人である。無意味な世界の句は当然「非情」の俳句のカテゴリーに入る。掲句は「緑」を色とみるとシンタックスのねじれが存在するとみることができる。不思議な感覚であるのでさて「緑」とは何を意味するかと考えたりする曖昧さを有することになる。

しかし「菜の花の黄色は」と「なべて緑なる」の継接法文体構造と見ると全く異なるイメージが湧いてくる。広く広がった緑色の田園にその区劃だけ菜の花の黄色が鮮やかな、まさに自然のパッチワークがイメージされたりする。

継接法はしばらく時間を置くことで読者の頭にイメージが形成されることが特徴である。無論シンタックスのねじれもそのイメージを生み出すための時間確保のためにある。

（4）「曖昧性」の一般的小考察

はじめに

俳句では「省略」が最重要な技法でありながら、その結果必然的に生じる「曖昧」について、正面からは注意を向けて来なかった。

だが文芸全体を見渡すと「曖昧性（ambiguity）」は重要な技法として従来から論じられている。ここでは一般的に曖昧という響きから受ける負の感触を和らげるため、そして「曖昧であるがゆえに読者により強くイメージを想起させる効果」を念頭に置くために、括弧をつけて「曖昧性」という名称で論じる。繰り返すと、「曖昧性」は詩歌やそれ以外の文芸では肯定的技法として論じられている。この節では「曖昧性」について他のジャンルも含めて論じる。

①「曖昧性」に関するエンプソンの研究

日常の言語は指示表出的側面が強調され、第一義的な目的は書き手の主意の正確な伝達である。しかし、詩歌等文芸は必ずしも、それを目的とはしない。ある場合には多義性や曖昧性を利用してでも、作品が読者に感動を与えることを目的とする。

このことは、すでに二十世紀初頭に英国のウイリアム・エンプソンによって論じられ、彼の名著「曖昧」論（『曖昧の七つの型』）によって広く知られている。曖昧性とは彼によれば「一つの表現に対していくつかの可能な反応の余地があるとき、言葉のもつそのようなニュアンス」なのである。この意味での「曖昧性」の美しさを彼は例証し主張をしたのである。

彼は主としてシェークスピアの詩作を対象として曖昧の型を七種類に分類した。この書は原書と首引きでもしなければ読めない類の著作である。各章の扉のいわば要約部分と第8章の結語、および訳者岩崎宗治氏の「はじめに」だけは丁寧に読んだ方がよい。「曖昧性」が詩歌で果たす役割の重要性を理解できる。

ここでは岩崎氏の説明した型の要約をあげればおおよその「曖昧性」という言語のニュアンス

が摑めるであろう。
・第一の型：一つの語あるいは文法構造が同時に数個の効果をもつ曖昧
・第二の型：二つあるいはそれ以上の可能な意味が一つの意味の中に集約され解消される曖昧
・第三の型：たとえば地口や寓意のように、一見結びつきのない二つの意味が同時に与えられている曖昧
・第四の型：複数個の意味がそれぞれ他と和解せずに作者の複雑な心理状態を示す曖昧
・第五の型：作者が書くという行為の中で自分の考えを発見していくとき、あるいは作者が自分の観念を全体として心に思い浮かべていないときに、偶然に生まれる曖昧
・第六の型：述べられていることが矛盾あるいは不適切で、読者が解釈を考え出さなければならないような曖昧
・第七の型：語の二つの意味、曖昧の二つの価値が対立したまま、全体的な効果として作者の心の中の基本的分裂を表すような曖昧

エンプソンの著作の方法論は、詩歌の中に表れる曖昧を例証することである。それによって曖昧の持つ意義を示してみせた。一方には、曖昧が日本の美意識の特徴であることを研究した論文は数多く見られる。曖昧が日本人特有の美意識であるかどうかの議論は本論の目的ではないが、エンプソンの英国詩の考察はかなり人間にとって普遍的な美意識のような気がするのも否定できない。

②小説における「曖昧性」：虚実皮膜および余情

実用的な散文を別にすれば、「曖昧性」は小説でも、積極的に活用されている。文体としての特徴を生み出し、その作家の生来の個性としての特徴となっている。例えば中村明氏はその著書『日本語文体論』で井伏鱒二の「うやむや表現」が虚実皮膜の笑いを生み出すことを論じている。これは俳句という言語表出の目指す世界と一致しているかどうかは別としても「曖昧性」の重要性は示されている。

中村氏の掲著における余情の発生に関する「美しい情景や感動的な場面などのイメージが読者の頭の中で動き出す、行間からにじみ出てくる心情を積極的に汲み取る読者側の行為を通して実現する、言語表現の奥に感じられる何か尊いものと評価する時に余情となる」という考えは即、俳句に当てはまるし、「行間からにじみ出てくる」というのは積極的な意味での「曖昧性」が生む現象である。

③俳句における「曖昧性」：特に多義性と多重表現

俳句では「曖昧性」の効果を論じられたことがないとすれば不思議だ。「省略」は「曖昧性」と深く関わるのに。「曖昧性」に関するエンプソンの分類に倣うと、第一の型もしくは第二の型に属する表現として俳句ですぐ思いつくのは、「やじろべえ」（いまやどれだけのこっているかな?)と俗称される、一種の俳句文型とか、多義性あるいは多重表現と呼ばれる文型であろう。「曖昧性」が生じる要因には、その他に省略、比喩・象徴性の利用、シンタックスのねじれ等々があるわけだが、ここでは多義性あるいは多重表現について考察する。無論他の型に関しても考察するべき課題は多いが、とりあえずはエンプソンの順番でいこう。

従来から、「俳句は言切るべし、曖昧さは避けるべし」が支配的な意見といってよかろう。例えば中七が上五にも下五にも傾き通じるような文型は「やじろべえ」と俗称され厭われてきた。「象の鼻／地に届くまで／藤の花」「白蓮の／翳柔らかく／月の出る」というような表現の句がそれにあたる。中七がどちらにも通じる表現方法は曖昧性があり、避けるべきとされてきたのである。「芦原をかり渡り行く声遠く」という句では「かり」は多義であり、曖昧と言える。一般論的に述べると、多重的な意味、あるいは多義性を有する表現は曖昧性があるので好ましくない、とされてきたのである。しかし多重表現、あるいは多義性は俳句以外の詩歌においてはレトリックとしては常套手段である。和歌における掛詞、縁語の類の技法は、まさに意味の多重性、多義性で成立していることは説明を要しない。

管見かもしれぬが、俳句において多義性や多重表現を真正面から検討した例はあまり見受けない。強いてあげれば、阿部誠文氏の『俳句多重表現の展開』がそれである。曖昧性という視座での叙述ではないが、阿部氏はシュル・レアリスムの考え方に大いに刺激されてその論考を執筆したというし、またモンタージュ理論との関係も論じているので表出論からは大変興味深いので論及する。

多重表現と多義性は、暗黙のうちに同類の表現形式として述べられることが少なくない。だが多重表現と多義性という言葉の違いは論じておいた方がよい。イメージを重視する視座、特に読者の存在を重視する立場からは、混同してほしくないからである。違いを論じたうえで、曖昧性における両者の効果の相似性を指摘したい。

多義性とは一つの語（表現）を複数の意味に捉えることのできる性質として扱う。辞書によっては多義と曖昧は同義である。多義性は曖昧を生じる一因である。

多重表現とは一つのモノコトに対して複数の角度からの情報を付与した表現をさす。情報検索で用いる概念でもあるし、なによりこの言葉は少々分かりづらい。画像的イメージで言えば多重露出をした写真とか、キュービズムの絵画がそれに相当する表現だと、個人的には考えている。したがって、曖昧性という概念とはニュアンスが異なる。もし言語表現の多重性という概念があれば、やはり「曖昧性」の一因となりうるだろう。

阿部氏は、掲著の第一部で「シュル・レアリスム＝多重表現」と述べ、シュル・レアリスム＝多重表現であることを解説する。


たとえば、「鯨が空を泳ぐ」というイメージないし表現は、海と空とを結び合わせて新たなイメージや世界を形成している。絵で表現されたものでも言葉で表現されたものでも一向にさしつかえはない。それは新たな現実とも、幻想的光景とも空想的風景とも非現実世界とも、内容によっては神話的世界ともメルヘン的世界とも呼び得るであろう。端的にいえば、それがシュル・レアリスムなのである。（中略）非現実的、空想的、幻想的、メルヘン的などと呼ばれる表象が生まれるには、それ相応の作者の精神的現実があり、過程があったとして、それらすべてを、シュル・レアリスムもしくは、多重表現主義と私は呼ぶことにする。

文章通りの解釈をすると、シュル・レアリスムの表現には現実・非現実を問わず、その表現をせざるをえなかった作者の精神的状況とその過程が表現の背後に存在しているので多重的表現と呼ぶことにしたということである。私にはあえてそれを「多重」と命名する必要性を感じない。鯨が空を泳ぐ微細に美しく描かれたシュル・レアリスム絵画の美はその描写の美しさにあり、例えば夢の世界が描かれていることを鑑賞者が認識するだけである。芸術的な表出は言語絵画を問わず作者のイメージの反映であり、作者のイメージは過去の作者の種々の世界の反映であるという意味で多重表現であるが、それはすべての表出に当てはまる。

阿部氏は（後期の）シュル・レアリスムを性格づけてみせる。「シュル・レアリスムの現代的意義は、まさに、この多重表現にあるのであって、自動記述などの初期的、初歩的方法にあるのではない。その意味から、初期シュル・レアリスムと区別して、シュル・レアリスム＝多重表現と私は書くことにする。」と述べる。確かにオートマティスム（自動記述）と差別化するための阿部氏独特の用語法だということは解るが、それも、「シュル・レアリスム＝多重表現」という表現が、（「情報工学」的な意味をも考慮して、）的確な名称あるいは定義の与え方とは思えない。阿部氏の「多重表現」は様々なモノ（精神状態や過去等々）が反映され、想念できたイメージをさしているのであって、様々な角度からの情報が付与された表現では決してない。端的な言い方をすればすべての表現には表現者の精神状態が過去現在を問わず反映されているのであって、それをとりたてて多重表現と呼ぶべきものではない。

また次のようにも述べており阿部氏の「多重表現」がすべてのイメージを取り込んでしまうものであることを自ずと示している箇所である。

正岡子規が晩年に述べた配合は、むろん、シュル・レアリスムを意識してのことではないが、俳句の一つの本質的ありようを示していた。高浜虚子は、この考えを、俳句の一つのありようとして受け継いだであろう。また、客観写生における主観と客観が一つになった境地、世界は、つまるところは彼我一体の境であって、これもシュル・レアリスムに通じるものがある。水原秋桜子における合成、山口誓子における構成、そして、連作俳句も、まさにモンタージュなのである。

その他、加藤楸邨における真実感合、斎藤空華における白昼夢の表現、野見山朱鳥における他界観の表出、富沢赤黄男におけるイメージの合成など俳句表現とシュル・レアリスムは関わりをもっている。

また別の箇所では次のように述べる。

高浜虚子、水原秋桜子、高柳重信、金子兜太、加藤楸邨、さらに、篠田悌二郎、中村草田男、山口誓子、斎藤空華、野見山朱鳥、三橋鷹女、富沢赤黄男と、その論もしくは作品を通じて、伝統俳句の到達点は、二物合一による多重表現にある、という確信をもった。以上あげた俳人は系統的にみても、俳壇の主要傾向を網羅しているわけではない。「ホトトギス」の俳人に手薄で、「馬酔木」、新興俳句、人間探究派、前衛俳句に片寄っている、というのも充分に承知しているが、ただ、故意にそうしたのではなく、昭和における俳句の伝統と革新という視点のもとに任意に選んだのである。高野素十、川端茅舎、松本たかし、大野林火、阿波野青畝、富安風生など、ほかにも多くの俳人があげられ得るが、伝統俳句の到達点が二物合一による多重表現ということは動かない。

ずいぶんと多くの俳人が多重表現的作者、すなわちシュル・レアリスムの作者ということになるが、本来阿部氏が述べたかった主張の核心は「伝統俳句の到達点は、二物合一による多重表現」にあるということで尽きるはずだ。このテーゼで「伝統俳句」という言葉は、どこまでをさすか不明である。また「二物合一」の定義も狭い意味での「モンタージュ」であるとすれば多重表現というのは、モンタージュによるイメージの創出あるいは想出をさすこととなり、その重要性は評価できる。

阿部氏がシュル・レアリスムの教科書としてブルトンの著作を読んでそれを氏の独特の解釈で主張するに至り、加えて、此岸即彼岸の釈迦の教え、般若波羅蜜多の思想との同一性を主張するに及んでは、阿部氏の思想も「情」の世界を抜け出しえていないと判断せざるをえない。

少し長くなったのでまとめよう。

○阿部氏がその著の第二章「俳句とシュル・レアリスム」で、俳句の配合、取り合わせ、二物衝撃、二句一章などは狭い意味でのモンタージュに属するとしているが、そのことに異存はない。

○阿部氏の「シュル・レアリスム（的）表現には、作者の認識する世界の現実と過去が反映されている」という指摘はすぐれて正しい。ただ、ほとんどすべての芸術的表出作用にはそういう性格があるのではないか。

○阿部氏の独自の考え方（シュル・レアリスム＝多重表現）によると、すべての表現された表象は、（作者の現実・非現実を問わず精神的状況が反映しているのだから、）すべて多重表現ということになりかねない。さすれば、すべての表現は多重表現ゆえにシュル・レアリスムとなってしまう。これはまことに奇妙である。すべてがシュル・レアリスムであるということはシュル・レアリスムの存在を否定していることと同じ意味合いをもつことになる。シュル・レアリスム絵画は一目でそれと分かる。

○「阿部氏の多重表現」は俳句の世界におけるイメージの創出法として切り込んだところは高く評価できる。特にモンタージュ的考えをイメージと結びつけたところが刺激的である。願わくば読者のイメージとの関係を論じて欲しかった。

○また阿部氏の述べるようなシュル・レアリスムを、もし従来の日本的レトリックとの類似性で論じるならば、夢と現実の間《あわい》に生じる「虚実皮膜の美」と呼ぶべきではなかろうか。虚実皮膜の美とイメージの関係は本質的に重要で、今後とも論考すべき課題だ。

④俳句における曖昧性：俳句表出の本質のひとつ

日本の文化の特徴に相手を尊重するということがある。相手を尊重するということは芸術の表出方法で相手の想像力や意思が働く余地を残すというところに典型的に現れている。しかしこの日本人あるいは日本文化の特徴はこうも言われる。言語や態度の表出に曖昧なところが現れ、日本人は自己主張が下手とか、他人に依存する「甘えの構造」とか言われ、日本人内部からも日本人の欠点のごとく指摘される。

欠点であるかどうかは別として、特徴があるということは芸術の表出方法として極めて重要なことであり、曖昧さもそれを評価する視座が変われば変わる。

芸術における曖昧さを前向きの意味を持たせる言葉として「曖昧性」と表現すれば、それは、相手の想像力が働く余地であり、絵画における空白部分の存在や極端に簡素化された能舞台などがそれである。とりわけ俳句においては、余情、「取合」、省略、等々の表現方法は「曖昧性」を利用したものであり、これをなくして俳句は存在しないといっても過言ではない。

ただ俳句においてはこの「曖昧性」を意識的に理解し解析してこなかっただけである。近年はすこしずつ「曖昧性」を俳句においても指摘する論考が現れている。言語学および英米文学者として著名な外山滋比古氏は俳句に関する論考でも知られているが、その著書『省略の詩学』で曖昧に関して極めて的確な指摘をしている。エッセイ風で読みやすいので少々長いが引用する。「あいまい」という一章で、二〇〇六年の『俳句の詩学』（沖積舎）にも収録されている。

アメリカ人あたりに、日本語はあいまいだと言われてすっかり恐縮し、日本語を恥じる風潮が広まった。とにかく明快、論理的でなくてはいけないように勘違いする。みずからをおとしめることになる。

俳句はそのため、もっとも大きな被害を受けているのだが、不幸か幸いか俳句作者は多くそれとは無関係に、あいまいを避け、わかりやすい句を作るのである。

この際、はっきりさせておかなくてはならないのは、俳句の命はあいまいさにある、ということである。この点、俳句は世界に冠たる詩だと言ってよい。ヨーロッパにも形而上詩という難解をおそれぬ詩があるにはあるが、含蓄、多義性において遠く俳句には及ばない。

だいたい文学においてあいまいが美の源泉であることにヨーロッパが気づいたのは、やっと二十世紀になってからのことである。わが国では室町時代の心敬がすでに含みの妙を説いて、あいまいの詩学の先駆をなしている。

一句の意味はひとつに限ると考えるのからして大きな誤解で、受け手によって句意は変わる。十人十色の受けとり方ができてこそ俳句はおもしろい。あいまいさは、作者に多くの諷意を許容し、受け手には自らの意味を生み出すよろこびを与える。（後略）

外山氏の一文に俳句における「曖昧性」の重要さは尽くされている。あえて付け加えるとすれば、以下のようになろうか。

・俳句において「曖昧性」の発生する文体の主たる技法は「省略」にあることは外山氏の主張でもあろうから、特に付け加えたい。加えて後述する「シンタックスのねじれ」や他の技法・表現法も今後あらわれよう。
・「曖昧性」はいまだに俳句作家の中には明確な概念として認知されていない。外山氏が皮肉混じりに表現しているように、「不幸か幸いか俳句作者は多くそれとは無関係に、あいまいを避け、わかりやすい句を作るのである」状態にいまだ大多数の俳句作家がある。
・その理由には、俳句がリアリティを目指していることと「曖昧性」が相容れないと感じていることがある。そこには「曖昧さ」と「曖昧性」の混同がある。その俳句の表現が心に像を結ぶのには漠然としているというのが「曖昧さ」であり、ここでいう「曖昧性」とは異なる。端的な例が俳句で使用する「省略」という文体は「曖昧性」を増大するが、受け取り手にとっては、それでリアリティを損なわれることはなく、かえってイメージを次々と「想出」あるいは「創出」することができるという意味での「曖昧性」である。

・現実の俳句では「曖昧さ」と「曖昧性」の境界はぼやけている。ぼやけているというのは、読み手によって、判断が異なるからである。万人が「曖昧さ」だけしか感じない表現があるのはもちろんではあるが、「曖昧性」から美を感じるか否かは受け手の言語空間が豊かであるかに依存している場合も多い。

・外山氏は「一句の意味はひとつに限ると考えるのからして大きな誤解で、受け手によって句意は変わる。」と表現しており、これは俳句という表出法で最も認識しておかねばならないと、本論考でも強調してきたところである。ただ私は「一句の意味」という言葉と「句意」という表現は分離して使っており、俳句鑑賞のとき、俳句の文字面だけで意味していることを「句意」と表現することにしている。その句から「創出」・「想出」されるイメージやクオリアが「一句の意味」ということになる。曖昧な表現というのは「句意」がばらつく表現と考えると「曖昧さ」が規定できるのではないか。

（5）シンタックスのねじれに関する他のジャンルを含めた小考察

①散文におけるシンタックスのねじれ

シンタックスのねじれは詩歌の世界では美を生む要因になりうるが、散文においては忌避すべきことである。日常の散文で、それは文章表現上の誤りにすぎない。その辺りから述べてみたい。

シンタックスとは、構文規則のことである。「シンタックスのねじれ」とは、例えば主語と述語の関係が意味的に変な文章で、正確な伝達を主眼とする文章では文法の誤りとされる。単文でもねじれは生じるが、複雑な文になると、人は無意識に誤りをおかし、プロの編集者でもなかなか気がつかないこともある。それは、人間が頭の中で修正しながら意味を理解してしまうからだと言われている。コンピュータ言語でもシンタックスという言葉は使う。シンタックスが間違っているとコンピュータはコンパイルエラーとなり動かない。つまり機械語に変換しようとしても、元のプログラムに文法ミスがあると、できない。

例示すれば「私の日課は毎日十句俳句を作っています。」という構文では主語「私の日課」に対して述語「作っています」は奇妙さを感じる。シンタックスがねじれているのである。これは「私の日課は毎日十句俳句を作ることです。」と直せばすっきりする。これが、重文や複文になると、意味が通じてしまうために、なかなかねじれに気がつかない文章が多いことはよく知られている。

②現代詩におけるシンタックスのねじれ
——入り組んだ論理：北村太郎の場合

シンタックスのねじれは主語が、文中で入れ替わる文構造のみにとどまらない。論理構造をわざとねじ曲げ複雑にして読者のイメージ力を喚起する場合がある。私が若い頃よく読んだ「荒地グループ」の北村太郎の詩を紹介しよう。北村太郎は一九五一年、田村隆一、鮎川信夫らと「荒地」を創刊、戦後詩の世界をリードした。ここで引用する詩「船上にて」は一九八九年に読売文学賞を受賞した『港の人』に載録されている。論理的にややこしい言い回しをした詩文体が特徴で、それを楽しんで読んだ記憶があるので、シンタックスのねじれの例として採り上げた。8行・7行の二連の詩である。

「船上にて」

だれも見ていないから
心配することはない
と
いう思いをたいせつにして
はたしてなにをしないできたか

日の暮れは
残すべからざるものを残さず
叫び声を薄明かりのとどろきで聞こえなくしないようにしようとしない

根岸の丘は
シルエットになり
港内一周遊覧船の船尾旗は疲れきったようにはためく
帰るべき埠頭が
しだいに近づいてくるのが信じられない
見えるものが
見えなくなるよりないほど遠くになっていかないとは！

この詩において、二連の詩は各8行・7行で成り立っている。その各連にまがりくねった否定形で表現された言葉がある。

「なにをしないできたか」、通常人は何をしてきたのかと問うだろうに。

「残すべからざるものを残さず」、これも残すべからざるものを残し、あるいは残すべきものを残さずと表現するのが、すんなり聞こえる。

「聞こえなくしないようにしようとしない」では一瞬何をいっているのか解らなくなる。つまり「聞こえなくするように」を逆の言い方で表現しているのである。

また「見えるものが／見えなくなるよりないほど遠くになっていかないとは」も同じように、ねじれたようなひっくり返った言い方をしている。自然に表現すれば、見えているものが見えてくるように近づいてくるとは、ということである。

この「曲がりくねり」は読者のスムーズな思考の進行を許さないためにかえって印象が強くなる。ストレートに意味が読者に通じることを阻止する機能ということでは曖昧性の一種としてよい。印象が強くなり、イメージの自動化が阻止されるところはフォルマリズム的手法とも相通じるところがある。

北村太郎の「船上にて」のシンタックスのねじれは現象世界の相対的な性質を文体そのものによって言い当てているという指摘もある。「この意図的に仕組まれたねじれたシンタックスの考案は、北村にとって実験であったろうが、現象世界の相対的な性質を文体そのものによって言い当てている。」という堀内正規氏の指摘（注：参考文献参照）はシンタックスのねじれが単にフォルマリズム的イメージの自動化を阻止する役割に加え、作者の精神状況あるいは現状世界の認識の反映として解析したことが面白い。

③現代詩におけるシンタックスのねじれ
――T・S・エリオットの場合

北村太郎に触れたからには、T・S・エリオットに言及しないわけにはいくまい。都合よく、植田和文氏がエリオットのシンタックスのねじれを曖昧さの典型例としている。植田氏の著書『群衆の風景』の第七章から引用する。エリオットの詩集『荒地（The Waste Land）』は前述した北村太郎や鮎川信夫等が創設した詩の集団「荒地」の名前のもととなっている。

植田氏は詩の言葉は、文法やシンタックスの法則から自由な分、意味は曖昧になるが、微妙な味わいが生じることを述べた後、エンプソンの『曖昧の七つの型』を紹介している。加えて植田氏は、エンプソンの曖昧は語句のレベルであり、もっとシンタックスのレベルでの曖昧さを論じる必要があることを問題提起していることも示唆的である。

植田氏はエリオットの詩においてシンタックスを故意に乱すこと、もしくはずれを起こさせることの効果について解説している。「序曲集（Prelude）」第二番に対する鑑賞は分かりやすいので引用する。

The morning comes to consciousness
Of faint stale smells of beer
From the sawdust-trampled street

With all its muddy feet that press
To early coffee-stands.

これは都会の朝のきわめてリアリスティックな光景、平凡でわびしい光景である。だがシンタックスは平凡ではない。一行目の comes to consciousness（意識をとりもどす）は二行目の(be conscious) Of(意識する)にまたがっており、三行目の From は前の行にかかって「街路から前夜のすえたビールの匂いが漂ってくる」となるとともに、五行目の To につながって「街路からコーヒースタンドへ」となる。また四行目の press は「(オガクズを)踏みつける」という意味であるとともに、五行目の To と結合して press to（〜に押しよせる）の意味にもなる。むさくるしい都会風景が、不思議な詩情を漂わせるのは、この奇妙なシンタックスによるところが大きいのではないだろうか。文章構造が次々にずれを起こしていて、街の風景は、屈折率の違ったガラスを通して見るようにゆがんで見える。あるいは映画のカメラ・アイが、次々とアングルを変えて同じ風景を撮るような感じを与える。あるいは、キュービズムの絵画で、異なったアングルの正面の顔と横顔が同時に見える時のような、奇妙な効果を出している。

（植田和文『群衆の風景』）

私はこの鑑賞を読みながら、まだ副都心化されていないころ、淀橋浄水場のあるころ、アベベが裸足（注）で駆け抜けたころの、新宿の歌舞伎町や西口界隈の早朝の光景をリアルに思い出していた。まさにすえたアルコールやごみの匂いとさわやかな朝の風とコーヒーの香の奇妙な混合が、これから始まる喧噪の前のひとときだけ漂う街。新宿は「遅れてきた青年」をあこがれる自称「遅れてきた青年に遅れた青年」を気取る若者の街、そしてアメリカナイズされていくコラージュのような街だった。

植田氏の鑑賞はエリオットの荒地の奇妙なシンタックスを楽しませてくれるには十分である、いやそれ以上の問題提起をしてくれる。フレーズに次々とまたがる言葉が引き起こすイメージの連続、これは和歌のレトリックである掛詞が複雑に絡まった場合と同じだ。そして考えることはどうして俳句の世界ではこの豊饒なイメージを湧き起こすレトリックを、用いようとしないのだろうか、などなど。

（注：私がアベベ・ビキラの勇姿を見たのは東京オリンピック。新宿角筈をつむじ風のように駆け抜けていった。現実の彼はもはや裸足ではなかったのだが。）

④現代詩におけるシンタックスのねじれ
——三好達治の短詩におけるかすかなずれ

短詩型である俳句は言葉の数に限定がある。詩のようにはシンタックスのねじれを効果的に使っていくことを今まで考えて来なかったのは当然と言えるかもしれぬ。ここで俳句に近い短い詩における例を考察してみよう。昭和期の代表的詩人三好達治の『測量船』には短い詩が多い。その中でも「雪」は人口に膾炙した二行詩である。

「雪」

太郎を眠らせ、太郎の屋根に雪ふりつむ。
次郎を眠らせ、次郎の屋根に雪ふりつむ。

この詩の一行は俳句的趣を有し、かつ平明な意味合い、いわば「非情」の詠い方、によって美しいイメージを創出している。すなわち一切の余計な情景の説明を排除することで、しんしんと降り積んでいく雪の静かさを脳裏に浮かべさせ、そこに太郎、あるいは次郎という二人の眠る人(子供)を表出することで、景の広がりを与えるとともに、なにか懐かしい忘れていたものすら思い出させてくれる。かつ「太郎」を「次郎」とおきかえた第二行を「継接」することで、その効果をいやがうえにも増している。

前出の植田氏も日本の詩歌における曖昧さの例による美しさの例としてこの詩を挙げて次のように評している。

「太郎」「次郎」は、幼い男の子を表す符号にすぎない。だが、ここで注目したいのは、この詩の特異なシンタックスである。冒頭の「太郎を眠らせ」を読んだ読者は、一瞬その主語は人間であろうと思いこむ。しかし続く「太郎の屋根に雪ふりつむ」によって、一瞬の印象はただちに、ほとんど気づかぬうちに、修正され、読者は、太郎を眠らせるものが雪であることを受け入れる。ここにはシンタックスのかすかなずれがあるといえる。眠っている子供のそばに、詩には見えていないやさしい母か姉の面影が感じられるという意見があるのは、そのずれに起因しているのではなかろうか。「美しい日本」の抒情の表現には、めだたぬ曖昧さが欠かせないように思われる。しかし、もちろん事情は日本に限ったことではない。

（植田和文『群衆の風景』）

この詩は短詩型ということで俳句に近い。ここでのシンタックスのねじれを考察することは、俳句での応用を考えるのに役立つはずである。

⑤短歌におけるシンタックスのねじれ
——吉本隆明の問いかけ

短歌における、シンタックスのねじれを考察することは、他のジャンルよりはるかに俳句にとって役立つであろう。ねじれの主たる型、主客の転換について吉本隆明が著書『言語にとって美とはなにか』で評している。無論、彼の表出論の主要な概念である自己表出の面からの論考である。対象としたのは二首の短歌である。一首は著名な昭和初期大塚金之助の作品である。大塚は野呂栄太郎を中心とする「日本資本主義発達史講座」の共同編集をおこなった著名な経済学者であるが、アララギ派の歌人としても知られている。もう一首は藤沢古実、やはりアララギ派の歌人である。島木赤彦に師事して、アララギの選者も務めた。彫刻家でもある。吉本隆明は次のように論考してみせる。

国境追はれしカール・マルクスは妻におくれて死ににけるかな　（大塚金之助）
隠沼の夕さざなみやこの岡も向ひの岡も松風の音　（藤沢古実）

国境を追われたカール・マルクスは妻にさき立たれ、そのあとから死んだとか、隠沼に夕さざなみがたち、こちらの岡も向い側の岡も松風の音がしている。そういう叙述だけで、それがどうしたとか、だからどうなのだ、という作者の主意がのべられていない。この作品がただ事実をのべたとか、景物をみたとかいうだけなのに、詩としての自立感や完結感をあたえるのはなぜか。こういう問いに短歌の詩形としての秘密の原型が、かくされている。

（吉本隆明『言語にとって美とはなにか』）

この二首の選択理由がすこぶるよい。俳句にもそのまま当てはまるからだ。吉本は、作者の主意が述べられていない「非情」の短歌があることを、ただ事実を述べた（つまりただごと）とか景物をみただけ（つまり客観写生）だけの短歌が存在する意義を述べている。そしてそれらは、詩としての自立感や完結感を与えてくれる、ということを述べているのである。今我々が「非情」の俳句が存在するべき理由、言い換えれば「非情」の俳句が何故魅力的なのか、何故美しいか、について考察を進めている方向は、短歌においての吉本隆明の課題と軌を一にしているのである。だが我々の課題は、吉本がそこに短歌の詩型としての秘密の原型が隠されていると指摘したことを、我々は「非情」の俳句でも行わなければならないことである。

さらに吉本隆明の論考を追ってみよう。少し長くなるが吉本の、主客の転換を中心とした、あるいは、もう一つの手法である、時間の経過や視点の移動を行う「ねじれ」の説明は明快なのでそれで効果を理解してほしい。

「国境追はれしカール・マルクスは」

「国境追はれし」までは、作者の表出意識は、マルクスになりすまして国境を追われている。そして「カール・マルクスは」で、作者と、それをある歴史的事件としてうたっている対象の表現は分離する。

「妻におくれて」

ここでマルクスに観念のうえで表出を托した作者は、じぶんにかえって、マルクスは妻が死んだあとも生きのびて亡命者としての生涯をとじたな、とおもっていると解してよい。

「死ににけるかな」

のところへきて、作者は表出の原位置にかえり、マルクスの死の意味に感情をこめている。ちょっとかんがえるとある歴史上の事実を客観風にのべただけのような一首が、高速度写真的に分解して、表出としてみるとき、作者がいったんマルクスになりすまして国境を追われたかとおもうと、マルクスになりすました感懐にふけり、また、作者の位置にかえってその死の意味に感情をこめているといったような、かなり複雑な主客の転換をやってのけているることがわかる。もちろん、この転換が作者にとって意識的であるか無意識的であるかはどちらでもよい。無意識のばあいは、表出の伝統（中略）にのってやっているだけで、いわば伝統が自覚の代償になっているからだ。

「隠沼の夕さざなみや」

作者は夕べの隠沼の水面にたっているさざ波を視てある感情をよびさましている。

「この岡も向ひの岡も」

さざ波をみていた作者の対象へむく視線は近くの岡に移り、つぎに向う側の遠い岡にうつる。

「松風の音」

で、作者は、岡の松にふく風の音を聴いている。

一首の時間的な構成としては一瞬にすぎない作品のなかで、作者の視覚や聴覚の移りかわりの時間や転換の仕方はかなり複雑であり、それがこの作品に言語表現としての価値をあたえている理由だ。素朴な誤解をさけるためにあえていえば、この作品が写実的なものか、記憶にたよったフィクションであるかは、価値としての表出にかかわりをもたない。また、ふたつの作品が言語の表出としておおくの価値があるか、あまりおおきな価値がないか、また芸術として価値があるかどうかは、いまの段階では、すぐにおなじではないとしておかねばならない。

この二つの短歌を吉本隆明が並べて考察してみせた理由は短歌の表現の原型を定めるためだと述べている。吉本隆明がいうように言語表現の中に共通の基盤として韻律・選択・転換・喩があることを出発点とすれば、短歌固有のあらわれ方を考察することは次に「たとえば、近代定型詩や俳句について考察しても、共通さと、それぞれの詩型に固有なもんだいがあらわれるはずだ。」という課題が我々の前に突きつけられているのだとひしひし感じる。

（6）「非情」の俳句というカテゴリーの意義

「俳句のあるべき姿」といっても様々な側面がある。そこに描き出そうとする世界（つまり意味の世界やイメージの世界）の内容や、その表出の様式（文体やリズム等々）など、重要な側面をいくつか考えただけでも、整理しきれないくらい、様々な考え方があることを我々は知っている。でもおおざっぱな括り方をして、「描き出そうとする世界」のことを考えると、作者の理念や思想など精神的な世界を重視する立場が歴史的に主流であったと気がつく。例えば松尾芭蕉の「風雅の誠」しかり、水原秋桜子の新興俳句運動の「抒情」しかり、加藤楸邨の「真実感合」しかりである。無論、それに抗する考えや傾向が当然存在はしていたが、これらの作者の俳句理念は、作品とは独立した一つの宇宙を形成し、読者もその理念・思念を通して作品に接するように次第に習慣づけられてきた。そしてその習慣（風習）はいまもって存在していることも事実である。無論俳句という特殊な短詩型は、その「風習」があるからこそ人を魅了して発展してきたとも言える。だが、そのような立場とは一線を画して、俳句は「イメージ」の美しさを第一義として追求すべきという考え方があってもよかろう。それが「非情」の俳句というカテゴリーの存在を論じるべき意義の一つである。歴史的にみれば芭蕉も楸邨も自らの理念の宇宙を変革することを常に試みていた。我々もその姿勢に学ぶことができる。

もう一つの意義は、従来比較的少なかった「俳句文体と意味の関係」に切り込んだ議論を行うことにある。例えば、今でも、「ただごと句」、あるいは「難解句」というように、あやふやな名称でカテゴリー化されていた作品群が存在している。「ただごと句」「難解句」は、あたかも対極的であるがごとき名称ではある。だが、この二つのカテゴリー（便宜上そう呼ばせてもらう）の句を含めて、表出する文体との関係を論じれば「非情」の俳句という言葉で概括することは可能である。つまり「イメージ」の美を第一義的に追求したとしてきた文体を有する群として統一的に論じることで可能である。それによって、従来の支配的な意味の思想である「「情」や「思念」の表出こそ俳句」という世界と異なる方向で未来の可能性を示したいのである。

大上段に構えると、そのようになるが、なにも「非情」の俳句は突如発生した、特別な句ではない。今までも存在する詠いぶりであった。従来の詠いぶり、あるいは読みぶり（鑑賞する人の視座のことであるが）は作品そのものより、作者の思想を考慮する、あるいは鑑賞者の思念による過剰な意味づけによって、作品のイメージの美しさがスポイルされていたと言える。また、俳句に「情」の顕わには、あるいは全く表出されていない句は、ただごとの句という負の評価でイメージの美しさを軽視されることが多々あった。この両者は、「情」を重視する観点・視座から、イメージの美しさをスポイルされてきた被害者であり、様々な「情」を排する「非情」の俳句という点で一致しているのである。

まとめ：「非情」の俳句と俳句固有の言語表現

ここまでで、「非情」の俳句における意味的側面と文体的手法について種々の表現例を見てきた。特に俳句の「ただごと性」や「曖昧性」に前向きの評価を与え、シンタックスのねじれと「継接法」を俳句において論じた。

まとめとともに、従来俳句固有の言語表現として考えられていたことを、再度考察してみることを提案してこの章を閉じる。

①ただごとの俳句や曖昧性のある句は「非情」の俳句に属している。従来、これらの句は否定的に見られることが多かったが、実際にはそれに属する名句が多くある。本章では、ただごとの句の美の要素を考察した。
②ただごとの俳句や曖昧性のある句には新鮮・リアル・発展性のあるイメージが創出されることが美の要素となっているのでその仕掛けが必要である。
③それらの句には、文体的手法にはシンタックスのねじれや継接法などの仕掛けが施されており、

美を生み出すしくみとなっている。予定調和的美に対して意外感を与えるのもシンタックスのねじれの変種と考えてよい。

④その他にもアプリオリに排斥されてきた表現法も再考察する必要があるのではないか。多くの考察をここでは割愛しているが、視点の移動、時の流れなどに重要な要素がある可能性がある。

⑤曖昧性は俳句固有の基盤的言語表現である省略の中に存在しているので、曖昧性と省略技法の関係についてはさらなる論考を文型を土台として体系的に進めるべきである。

主な参考文献

柳川彰治編著、有馬朗人・宇多喜代子監修『松尾芭蕉この一句』二〇〇九年、平凡社
山本健吉『山本健吉全集』第八巻、昭和五十九年、講談社
山本健吉『定本現代俳句』平成十年、角川選書
神田ひろみ『まぼろしの楸邨――加藤楸邨研究』二〇一六年、ウエップ
岸本尚毅『十七音の可能性~俳句にかける』二〇一五年、NHK出版
岡崎桂子『真実感合への軌跡――加藤楸邨序論』平成十三年、角川書店
大岡信『楸邨・龍太』一九八五年、花神社

有富光英『草田男・波郷・楸邨——人間探求派』一九九〇年、牧羊社
加藤楸邨／村上護「対談わが俳句を語る」（俳句文庫『加藤楸邨』所収、平成四年、春陽堂）
特集「『森澄雄全集（全5巻）』を読む」、「WEP俳句通信」第91号、二〇一六年四月
特集「〈俳句作品から意味性を排除すること〉について」、「WEP俳句通信」第35号、二〇〇六年十二月
ウイリアム・エンプソン、岩崎宗治訳『曖昧の七つの型（上下）』二〇〇六年、岩波文庫
中村明『日本語文体論』二〇一六年、岩波現代文庫
阿部誠文『俳句多重表現の展開』一九九五年、邑書林
外山滋比古『省略の詩学——俳句のかたち』二〇一〇年、中公文庫
北村太郎『港の人』一九八八年、思潮社
植田和文『群衆の風景——英米都市文学論』二〇〇一年、南雲堂
堀内正規「『港の人』は何をしているのか—北村太郎の表現」WASEDA RILAS JOURNAL（2015. Oct.）
吉本隆明『定本　言語にとって美とはなにか（Ⅰ・Ⅱ）』平成十三年、角川ソフィア文庫
T・S・エリオット、岩崎宗治訳『荒地』二〇一〇年、岩波文庫
T. S. Eliot〝The Waste Land and Other Poems〟1940, FABER & FABER
特集「俳句の現在——7人の場合」、「WEP俳句通信」第92号、二〇一六年六月

補　録　俳句表出論における三つのキーワード

（1）はじめに

俳句表出論が、それを考える人の数だけあってもおかしくはない。しかし基本にはある程度の共通の言語と認識に立つプラットフォームがなければ、鑑賞や批評は、言い放しのむなしいものになるし、ましてや未来の方向性を考えることも困難になる。

俳句表出論の存在理由はプラットフォームの提供にある。特に俳句は詩歌の他のジャンルに比して体系的な論考が進んでいるとは思い難い。俳句評論が単に鑑賞文集、「誰々の俳句世界」的個人の領域にとどまって議論を自慰的なものに閉じ込めてしまわないためにも、俳句表出論の体系が、今ほど必要とされているときはない。今の時代は俳句にとって、いわば曲り角にある。人口の減少、伝統文化一般の衰退に加え国際化の機運は必然的に一定程度以上の変化を俳句の世界にもたらすであろう。そのような状況下であるにもかかわらず、俳句の世界は、全体としてマンネリ化が進み、自らのあるべき姿が必ずしもみえていない。表出論の体系化が待たれる理由である。

（２）俳句表出論における三つの重要なキーワード

俳句表出論を組み立てていくために柱となるべき三つのキーワードを提唱したい。「イメージ」と「意味」と「文体」である。

○「イメージ」

・俳句という文芸の美しさは、読者がどれだけ豊かに「イメージ」を創出するか、または想出するかによって決定的に左右される。つまり、今までの経験がない新鮮な「イメージ」が湧いてくる時（創出の美）、あるいは過去に経験するか想像していたことのある「イメージ」を想い出す時（想出の美）、それらが心地よいものであればその俳句に美を感じるのである。

・吉本隆明が言語には「意味」と「音」のほかに「像」が伴うことを述べた。さらに加え、像の重要性を認めるところに「言語学」と「言語の芸術論」の分かれ目が存在すると主張した。無論、「像」は私のいう「イメージ」に重なる概念であり、本俳句表出論が「イメージ」を重視する理由である。

・「イメージ」の重要性に関しては金子兜太氏も『短詩型文学論』で「心象の形態性」として「像」の重要性を論じている。兜太氏の論をまつまでもなく多くの俳人も「像」の重要性は否定できないであろう。ただ俳句の世界では芭蕉門の姿情論以外には体系だって論じられることが少なかっただけである。

○「意味」

・俳句はその根本思想にある俳句理念で人々を魅了してきたことがサステイナブルであった理由の一つであることは疑いない。古くは風雅の誠であるし、真実感合等々の俳句道的理念（多くは認識論的体裁を帯びている）がそれである。

・俳句が言語による表出である以上、「意味」という側面はまた真正面から論じなければならない表出論の柱である。

・俳句という言語による表出が、詩歌であるにもかかわらず俳句理念という「意味」に強く傾きすぎたのも歴史的事実である。その功罪を吟味しながら未来への俳句の方向を探る必要がある。本表出論で「非情」の俳句を重視するのはその方向の一つと考えるからである。

○「文体」

・三つのキーワードのうち「イメージ」と「意味」の二つに比較して「文体」は著しく異なる

性格を有する。「イメージ」は脳内にあり実体として把握できない観念的なものであるし、また、「意味」も抽象化され「境地」まで含む観念的なものである。加えて両者とも、読者・鑑賞者それぞれに依存しており、厳密な客観性に乏しい。

・それに比して「文体」は実体が明確、客観的なものである。したがって「文体」は俳句表出論の基礎・土台となるべきものである。「文体」という概念によってはじめて俳句は共通の土台の上で、客観的な議論に耐えられる。

〔音律〕

・言語芸術として音は重要である。俳句の美しさは五七五という音律の美しさでもある。だが、こと俳句言語の表出論とした場合、音は音数律やレトリックとしての若干の韻の使用は別として、詩歌が朗詠を主体としていた時代ほどの役割を果たしていない。

・現代では音律は俳句の文体の問題として考察を進める方が意義深いと考える。つまり、俳句の音数律、歴史的に築き上げてきた「切れ」などの文体構造、多くのレトリックの問題も包括して「文体」という名称で呼びたい。

（3）三つのキーワードの相互関係およびクオリアの概念

○「イメージ」や「意味」にはクオリアが伴う

・「イメージ」は実際に見える、あるいは心の中で結ぶ像だけを意味する言葉ではない。低次、高次のクオリアを伴う。低次なクオリアは像から受ける五感の追体験として生じる。ついでその像は人間の喜怒哀楽快不快等々の感情を呼び覚まし、条件によって、さらにまた抽象的な思念、思想等々までに至る高次なクオリアを生じる。

・脳科学的な領域での検証に耐えうるかどうかは別として、俳句を味わう読者に生じる「イメージ」というのは像に対して低次から様々な段階の高次なクオリアが生じたり、まとわりついたりしている。(このようにクオリアという言葉は抽象的概念をモノ的に扱えるのでまことに都合がよい。)

・現実には像を通過せずにクオリアを生じることが多い。「孫」という単語が使われていれば思わず頬がゆるみその句をとってしまうのも孫のクオリアを脳から引き出しているだけであり、像として脳内に結像するとは限らない。「瞼の母」という言葉は、瞼をとじれば母親の顔が実際に眼でみるようにみえているとは限らない。シンボル化された度合いの高いモノほど像を通過せずに高次のクオリアを生じる。

・高次のクオリアは、すでに「イメージ」の世界といっても「意味」の世界に属している。例えていえばクオリアは「イメージ」と「意味」との間でやりとりされる中間子的存在である。

・クオリアには、感覚的クオリアと志向的クオリアがあり、言葉の〈意味〉は志向的クオリアであるというのが脳科学者茂木健一郎氏の考えである。ここでいう高次のクオリアはその考えに立脚している。

○「イメージ」より「意味」を重視する俳句：「情」の俳句

・俳句作者の多くは俳句として表出された言葉が発生させる「イメージ」に抽象的な思想を託そうとする。俳句によって「物の本質」に迫る云々、は場合によっては「精神的なもの」へと昇華する。従来から多くの俳人（俳句作者と俳句読者を混同して呼べる便利な言葉である）がこれこそわが目指す俳句の道と「研鑽」を重ねてきた。また鑑賞者もそのことを口にする。

・「意味」の重視は俳句鑑賞において、俳句の「イメージ」にまつわる高次のクオリアである思想の評価に走る危険性がある。「イメージ」の像的質を通過せずにいきなり高次のクオリアへと関心を向ける傾向が強まる。

○「意味」より「イメージ」を重視する俳句：「非情」の俳句

・高次のクオリアである思念や思想は「イメージ」の美と直接の関係があるわけではない。場合によってはスポイルする。

・思念や思想を含む高次のクオリアを排して「イメージ」に重点を置いた俳句があってもよい。その場合思念や思想そして情の表出を排することになるので「非情」の俳句と呼ばれる

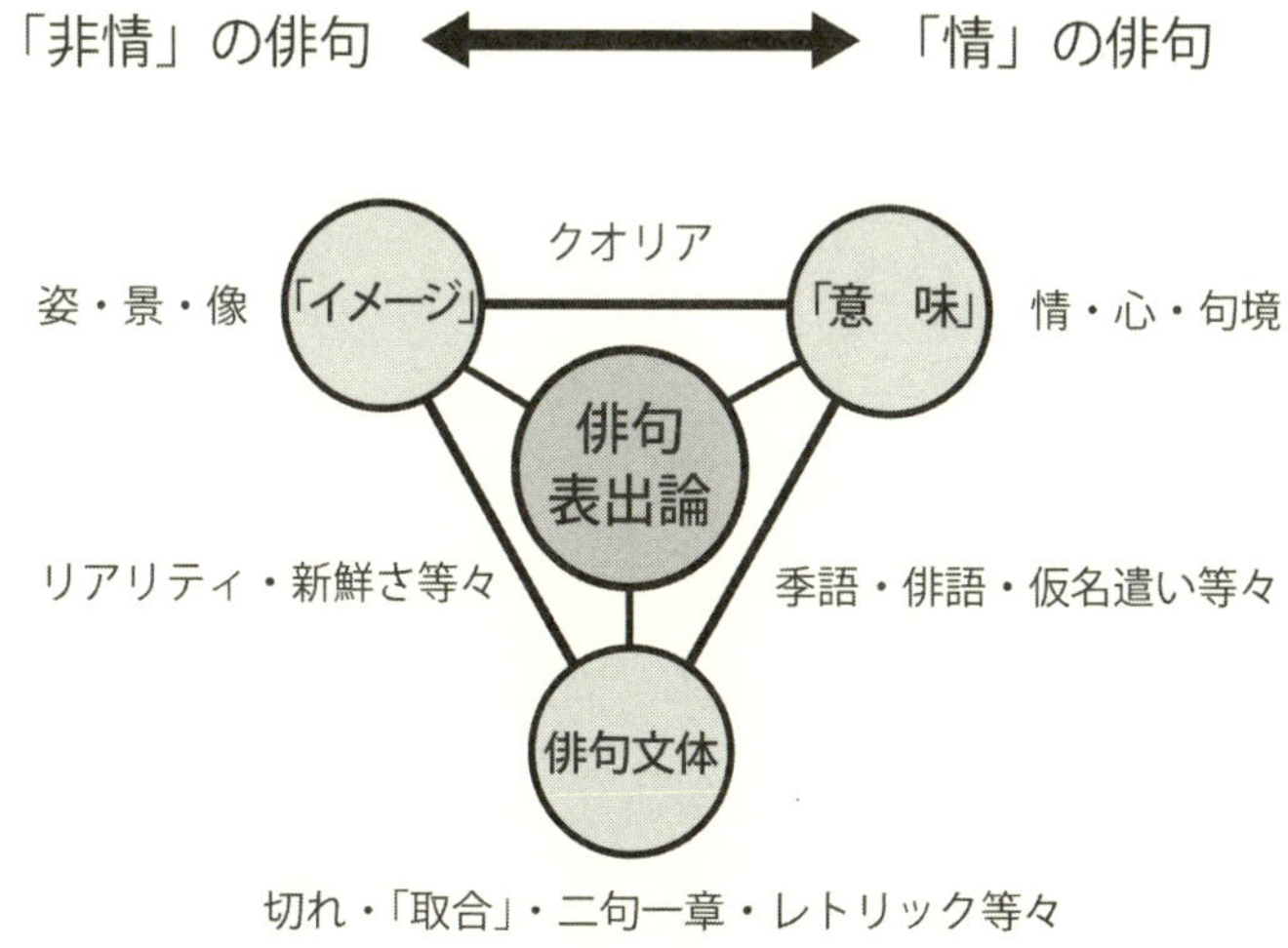

俳句表出論の３本の柱

（作成：西池冬扇）

べきであろう。

（4）俳句表出論の骨組みとなるキーワードの図示

前頁に本俳句表出論の主なキーワードの骨組みを図で示し簡単な説明を付した。理解の一助となれば幸いである。

○「俳句文体」

「俳句文体」は俳句という言語表出の基礎である。俳句の「イメージ」も俳句の「意味」も、すべからく、俳句の文体に基礎をおいて論考しなければならない。いわば俳句文体に即してという場合、具体的には、短詩型に起因する特殊な文体構造（切字、二句一章、喚体の呼格等々）や、音数律の問題、その他のレトリックに関係することを「俳句文体」として扱う。俳句の文体に関しては、従来から最も研究が進んできた領域であるが、本表出論の提唱するところは「イメージ」とのかかわり、「意味」とのかかわりを重視して論じていくことである。

○「意味」

俳句という言語表出においては「イメージ」が美を形成する主要な働きをするが、「イメージ」とならび重要な働きをするのは「意味」である。「意味」は俳句においては俳諧の時代も含めて「イメージ」より大きな役割を担ってきたともいえる。類似概念でいえば「イメージ」が「景」や「姿」と呼ばれるのに対して「情」や「心」と呼ばれてきた。「意味」にはそれ以外にも「句境（境地）」「理念」と呼ばれるクオリアも範疇に属していると考える。

○「イメージ」

「イメージ」は五感の感覚的クオリアを含めて美の根源である。短詩型においては伝統的に「想出」の美に力点をおくことが多く、歴史上もそのとおりであった。しかし「創出」の美を追求するのは創作者の本能でもある。「イメージ」の「創出」の美にかかわるキーワードは新鮮さとリアリティ等々である。

主な参考文献

山本健吉『現代俳句』昭和三十九年、角川文庫

吉本隆明『定本　言語にとって美とはなにか（Ⅰ・Ⅱ）』平成二年、角川選書

金子兜太「俳句の造型について」（『金子兜太集』第四巻所収、平成十四年、筑摩書房）
金子兜太「造型俳句六章」（同右）
岡井隆・金子兜太『短詩型文学論』一九六三年、紀伊國屋新書
西池冬扇『俳句表出論の試み』二〇一五年、ウエップ
中村明『日本語文体論』二〇一六年、岩波文庫

あとがき

特別な形式と重い伝統を背負ってきた俳句が、今後どのような方向に進んでいくのか。あるいは進めていったらよいのか、その思いは多くの俳人が持っている。

私もそうである。そういう人達と真に語り合い、新たに俳句がたどるべき方向と道筋を発見するためには、まず自らが発言することが大事であろう、そしてお互いに語り合うためには何らかの叩き台が必要であろう、そのような考えで常日頃の考えをまとめてみた。

この書は、同じ思いで著した前著『俳句表出論の試み』の姉妹編であるが、この本だけ独立して読めるように配慮した。

今俳句を考えるのに最も考慮すべき点として「イメージ」を重視することがその一つであると考えている。受け手が新鮮でリアルな「イメージ」を創出できる俳句を目指すことである。そのことは同時に、創出の主体である鑑賞者の存在の重要性を認識することでもある。この書は従来重視されてきた作者の理念を主とする「意味性」の追求以外に俳句の将来あるべき姿を探ろう、という提案の書でもある。

第1部は、俳句において「イメージ」がどのように取り扱われてきたか、また「イメージ」はどのように位置づけられてきたかを論じた。

第1章では特に絶大なる影響力を有している俳句鑑賞における山本健吉のバイブル的著作『現代俳句』を対象として、鑑賞の多くは「イメージ」によって語られるにもかかわらず、俳句の「意味」によって評価づけられていることを示した。

第2章では「イメージ」が俳句表出論の重要な柱であることを示すために、吉本隆明と金子兜太氏の著作を引用しながら論じた。「イメージ」と「意味」そしてその土台となる「文体」それが、俳句表出論の三つのキーワードであることを示すための説明ともなる。


第2部は、俳句において「意味」がどのように考えられてきたかを歴史的に考察した上で、「情」の俳句と「非情」の俳句の存在を明らかにし、カテゴリーとして提案した。

第1章では「意味」という語の捉え方、俳句において「意味」は実質上、理念などの作者の形而上学的世界を示していることを示した。また「情」と「非情」というカテゴリーの分け方を提案した。

第2章では主たる「意味」の実態である作者の理念の源泉を芭蕉の物我一如に求めた。

第3章では現代俳句における「情」の系譜を明らかにして、そこに連綿として芭蕉の理念である物我一如の考え方が流れていることを示した。

第4章では本来俳句は「非情」という性格を有していることを、漱石の「俳句は非人情の文学」という主張を例にとりながら示した。また俳句における「写生」の扱い方にも触れた。

第3部は、「非情」の俳句について論じた。「非情」の俳句は新しい概念であるが、従来から存在している「詠いぶり」であることを示すとともに、今後様々な俳句文体等の試みが生まれてくる概念であることを示した。

第1章では「非情」の俳句と「情」の俳句を同じように蠅叩を句材として扱った句で例示するとともに、「非情」という名称についての考察も試みた。また「情」と「非情」両者を分ける境界がぼやける理由が読者の考え方に依存することを説明した。

第2章では山本健吉の『現代俳句』を再度対象にして、「非情」の俳句とみなされる句を健吉が「情」の俳句側に引き寄せようとする傾向を示した。

第3章では現代の俳人が「非情」の俳句をどのように解釈するかを雑誌「WEP俳句通信」特集記事をもとに考察した。雑誌の特集は「〈俳句作品から意味性を排除すること〉について」というテーマであった。

第4章では「非情」の俳句のカテゴリー化を試みると同時に、今後の俳句の方向性として考えるべき方向を示唆した。「意味的側面」としての「単純性」「曖昧性」、また文体的手法としての「シンタックスのねじれ」や「継接法」について述べた。

補録は、「俳句表出論」として今考えている全体のスキームを示した。「イメージ」と「意味」そしてその土台となる「文体」それが、俳句表出論の三つの主要キーワードであることを示し、従来の俳論的なキーワードが議論のどういう位置づけにあるかを理解しやすいようにした。また「非情」の俳句が「イメージ」を重視していること、「情」の俳句が「意味」を重視していることを模式的に示した。

本書の論考はこの一年間、雑誌「WEP俳句通信」に掲載したものであるが、内容に即して順序を再構成し、また一部加筆修正した。補録は姉妹編の『俳句表出論の試み』と併せ、俳句表出論の全体スキーム理解の一助として書き下ろしたものである。

本書が今後の新しい俳句の方向を模索する方々にとって少しでもお役にたってくれればと願う次第である。またいくつか提案させていただいた考え方等がもととなり議論が湧き起こることをも願う次第である。

今回の論考を進めるにあたって、「WEP俳句通信」連載中から、また『俳句表出論の試み』を読んで下さった何人もの方々から長文の感想や励ましをいただき、おおいに勇気づけられたのでこの場で感謝申し上げたい。特に別刷りの論考をお送りいただき参照させていただいた堀切実先生には、深く感謝申し上げたい。

末筆になったが、大崎紀夫氏、きくちきみえ氏、また細部にわたり詳細なチェックとアドバイスをして下さった土田由佳氏にはこの上なくお世話になった。本書の出版に際し助力をいただいた全ての方々に御礼申し上げる。

（二〇一六年九月　気候変動による災害の続く世を憂いつつ）

西池冬扇

初出一覧

第1部　俳句と「イメージ」
（原題）俳句表出論における「イメージ」・意味・文体——その①　「WEP俳句通信」90号（二〇一六年二月）
第2部　俳句と「意味」
（原題）俳句表出論における「イメージ」・意味・文体——その②　「WEP俳句通信」91号（二〇一六年四月）
第3部　「非情」の俳句
第1章〜第3章、第4章冒頭
（原題）俳句表出論における「イメージ」・意味・文体——その③　「WEP俳句通信」92号（二〇一六年六月）
第4章
（原題）俳句表出論における「イメージ」・意味・文体——その④　「WEP俳句通信」93号（二〇一六年八月）

補　録　俳句表出論における三つのキーワード　（未発表）

著者略歴

西池冬扇（にしいけ・とうせん　本名：氏裕）

昭和19年（1944）　4月29日大阪に生まれ東京で育つ
昭和45年（1970）　ひまわり俳句会　高井北杜に師事
昭和58年（1983）　橘俳句会　松本旭に師事
平成19年（2007）　ひまわり俳句会主宰代行
平成20年（2008）　ひまわり俳句会主宰継承

著　書
句集『阿羅漢』（1986年）、『遍路――槃特の箒』（2010年）、『８５０５――西池冬扇句集』（2012年）、『碇星』（2015年）
随筆『ごとばんさんの夢』（1995年）、『時空の座第１巻』（2001年）
評論『俳句で読者を感動させるしくみ』（2006年、ひまわり俳句会）、『俳句の魔物』（2014年、ウエップ）、『俳句表出論の試み――俳句言語にとって美とはなにか』（2015年、ウエップ）

俳人協会評議員　日本文藝家協会会員　工学博士

現住所＝〒770-8070　徳島県徳島市八万町福万山８－26

「非情」の俳句 ―俳句表出論における「イメージ」と「意味」―

2016年10月15日　第１刷発行

著　者　西池冬扇
発行者　池田友之
発行所　株式会社　ウエップ
〒160-0022　東京都新宿区新宿 1-24-1-909
電話　03-5368-1870　郵便振替　00140-7-544128

印刷　モリモト印刷株式会社

※定価はカバーに表示してあります　ISBN978-4-86608-029-1